親愛的，這也是戀愛

Dear,
This is Love

同時喜歡上兩個人，
帶來的會是兩倍的痛苦，還是兩倍的幸福？

Misa

楔子

在畢業這天，蘇雨菡鼓起勇氣，向暗戀了三年的男孩告白。

他是學校的風雲人物，向他告白的女生不計其數，更聽說他有時甚至不會赴約。所以光是他此刻出現在她面前，就已經是一大奇蹟。

「妳有話要對我說？」他詢問。

蘇雨菡看著他胸前的畢業生胸花，捏緊了自己的裙襬，「我是三班的蘇雨菡……」

「我知道。」

蘇雨菡沒想到他會這麼回答，心中泛起一絲驚訝。

他接著反問了一句：「妳不是要親口說嗎？」

「我、我，那個……我一直以來都很喜歡你。」她低下頭一鼓作氣地告白，害羞得臉蛋脹紅。

然而對方遲遲沒有回應，蘇雨菡偷偷抬頭，眼前的男孩露出淺淺的笑容，「我們考上同一所高中。」

「呃……對。」原本蘇雨菡不想提起這件事，若是被拒絕，還讓對方知道自己和他在同一所高中該有多尷尬呀。

「我也喜歡妳。」

「眞的？」蘇雨菡簡直不敢相信，立刻綻開笑容，早知道是兩情相悅，她鐵定會早點告白。

「眞的。」他點點頭，從口袋拿出手機按了幾下，像是在打電話，「但我喜歡妳是有條件的。」

「條件？」蘇雨菡一愣，「什麼條件？」

她驀地聽見後方傳來手機鈴響，而後腳步聲接著出現，男孩朝她身後指了指。

蘇雨菡回過頭，在見到另一個男孩時，微微瞠大了眼。

他也過來了？

兩個男孩互相點點頭，交換一記了然的眼神。

蘇雨菡很疑惑，他們彼此認識嗎？

儘管同校也同個年紀，但這兩個人根本就是天差地遠的存在呀，爲什麼他們看起來好像很熟的樣子？

「這是……」站在中間的蘇雨菡看了看前方的男孩，又看了看後方的男孩。

「喜歡他，就要連我也一起喜歡。」後方的男孩說。

「這就是我的條件。」前方的男孩接話。

第一章

蘇雨菡看著桌面上社團申請書的空白欄位，抬頭看了眼右前方的紀青岑，又瞥了眼左前方的北野晴海，然後低下頭繼續苦惱。

「快點選一個啊。」北野晴海掛著痞子般的微笑，那如同青澀少年般稚氣又陽光的模樣，總是無法讓人第一時間意識到他是個打架高手。

「妳終究要選一個的。」紀青岑聳肩，他混血兒般立體的五官與高䠷的身材，說是模特兒也不爲過。

「我選不出來啊！」蘇雨菡抱頭，「都不要行不行？」

「不行。」兩個男孩異口同聲。

「我眞的選不出來啦！」

「怎麼了？選什麼？」綁著雙馬尾的簡若荷靠近，雖然以高一的年紀來講，雙馬尾有點幼稚，不過配合她可愛的臉龐與嬌小的身形，倒也非常適合。

北野晴海目光掠過簡若荷，沒有任何反應，而紀青岑則是馬上收起笑容，換成禮貌性地頷首。

「選擇社團。若荷，妳選什麼？」

「我選韓國文化研究社，妳要跟我一樣嗎？」簡若荷捏了捏蘇雨菡的臉頰，同時偷覷紀青岑一眼。

「我對那個沒興趣耶。」蘇雨菡嘟著嘴。

「那就跟我同個社團吧。」北野晴海把手壓上桌面，側頭對蘇雨菡微笑。

「不，還是跟我吧。」紀青岑把手壓上另一側桌面。

兩個男生不約而同，都選擇刻意忽視簡若荷，讓簡若荷有些尷尬。

「你們兩個選的社團我也都不喜歡啦……好了，我決定參加攝影社。」蘇雨菡沒注意到簡若荷的困窘，興沖沖地開口：「若荷，我們去買飲料吧。」

「好呀，走吧！」簡若荷一手揪著自己的馬尾，一手勾著蘇雨菡的手臂，與蘇雨菡狀似親暱地離開教室。

兩個男孩目送她們離去，隨後站直了身體，表情變得嚴肅。

「她在看你對吧？」

「嗯，沒錯。」

「我們已經觀察好一陣子，不需要再繼續下去了。」

「忍忍吧，別忘了雨菡一直想交到同性別的好朋友。」紀青岑拍拍北野晴海的肩膀。

北野晴海笑了，「有我們在她身邊，你覺得她能交到好朋友嗎？」

「以前我們不在她身邊的時候，她也沒什麼朋友。」紀青岑提醒。

「你想說問題出在雨菡身上嗎？」

「別亂講，我沒那意思。」紀青岑因爲北野晴海的話而動搖。

「哈哈，開玩笑的。算了，反正她也挺安分，沒有做出傷害雨菡的行爲，而且就快要分班了，到時候她們不會同班。」北野晴海話中有話。

「哪一班？」紀青岑倒是聽明白了

「雨菡還沒決定要念文組還是理組。」北野晴海伸了個懶腰，這些話當然沒被班上其他人聽見。

「晴海，有空嗎？」薛易成從窗戶外探進頭。

「喔，當然。」北野晴海拍了下紀青岑的肩膀，朝外走去。

而薛易成看了眼紀青岑，對他一笑，不過那個笑容並不友善，紀青岑也看得出來，但他並沒有多在意。表面上的友好，誰都可以做得到。

「怎麼了？」

「南中最近有個轉學生說跟你很熟，藉著你的名字耀武揚威，他們請我來問你是不是眞的。」薛易成短短的頭髮染成金色，他頗適合這個造型，不僅不顯俗氣，反而增添不少帥氣。

「我的朋友不會用我的名字顯擺，用了也就不是我朋友。」北野晴海冷哼一聲。

「我明白了。」薛易成拿出手機，將得到的資訊發給他在南中的朋友，「要打球嗎？」

「好啊。」北野晴海爽快答應。

「晴海！你們要打球喔？我們也一起。」四周幾個男生主動提出要加入，一群人浩浩蕩蕩地往球場前進。

北野晴海的身邊永遠圍繞著很多人，寂寞彷彿與他沾不上邊。

可是薛易成總認爲，北野晴海會有意識地與大家拉開距離，雖然每個人都是朋友，卻都不是好朋友。

不過無所謂，男生之間的相處又不用跟女生之間一樣，好像非要黏得緊緊的不可，況且就算北野晴海刻意與大家拉開距離又如何，他崇拜的本來就是走在前方宛如領導者般的北野晴海。

「對了，幫我查一件事。」

「什麼？」

「攝影社有哪些成員。」

「知道了。」薛易成沒有多問，他知道北野晴海每次對什麼事好奇，多半都和嫂子有關，也就是蘇雨菡。

但話說回來，儘管他都戲稱蘇雨菡爲嫂子，北野晴海也從沒否認過，那爲什麼北野晴海和蘇雨菡的旁邊老是跟著紀青岑呢？

學校的優等生應該跟北野晴海這類人扯不上關係，他們卻常常形影不離。國中時期就跟在北野晴海身邊的薛易成，從來沒見過北野晴海和紀青岑有任何私下往來……或許兩人是因爲高中同班才變成了朋友吧。

「給你兩堂課的時間。」

「這麼急？」薛易成的思緒被打斷了，但他沒有反駁，「沒問題。」

北野晴海微笑，讚許地拍拍薛易成的肩膀。

紀青岑站在教室外的走廊上，看著正在球場上與朋友一同打球的北野晴海，又望向對面的校舍，蘇雨菡與簡若荷正並肩爬著樓梯，手上各自拿著一杯飲料，兩人有說有笑，看起來很開心。

「青岑，你在這啊。」老師邱淨走了過來，面上帶著淺笑。

邱淨是學務主任的太太，也是紀青岑班上的數學老師。

「老師好。」紀青岑向邱淨問好，盡到身爲優等生該有的禮數。

「高二就要分班了，你們決定好選哪一組了嗎？」

「還沒，也還沒決定要念哪一班。」紀青岑如此回答。

「轉告晴海，如果他決定了，記得提早告訴學校。理事長說過，他想怎樣都可以。」

這句話眞不知道是在表示體貼他們，還是暗藏諷刺，紀青岑聽在耳裡，臉上依舊回以微笑，「謝謝老師的體諒。」

邱淨點點頭，不再多言，很快轉身離去。

紀青岑嘆了口氣，抬頭望向蔚藍的天空，刺眼的陽光令他閉上眼睛，他感覺那座偌大的庭院彷彿又來到了眼前，像是張牙舞爪的怪物，下一秒就將吞噬年幼的他。

蘇雨菡將吸管插入飲料杯，吸了一大口，瞇起眼睛享受那種黏膩又濃稠的口感，就快就喝掉了一大半。

「這很好喝嗎？」簡若荷有點嫌棄地看著那杯香草巧克力奶昔……嗯，學校怎麼會賣這麼怪的飲料啊。

「超級好喝！」蘇雨菡豎起大拇指，「妳知道路邊賣霜淇淋的攤販吧？一般不是都有香草和巧克力口味嗎？有時候還會有綜合的。」

「我知道，我都點巧克力。」

「香草和巧克力我都喜歡，所以如果有綜合口味，我一定會選綜合。」蘇雨菡握緊塑膠杯。

「假設只有巧克力和香草口味，妳會選哪個？」

「就都不選了，找到有賣綜合口味的店家再吃。」

「這麼堅持？總有一種口味是妳比較喜歡的吧？」

蘇雨菡搖頭，「要是只選擇一種，沒被選中的很可憐……」

「哈哈哈，妳居然會說沒被選中的口味很可憐。」簡若荷喝一口自己的奶茶，「那北野晴海和紀青岑，妳喜歡哪一個？」

「爲什麼這麼問？」蘇雨菡皺起眉頭，她討厭別人問她這個問題。會問出這個問題，背後通常另有用意。

「畢竟我不想和好朋友喜歡同一個人呀。」簡若荷歪著頭看她。

啊，是這樣嗎？

果然又是這樣嗎？

蘇雨菡有些心酸，一股懊惱的感覺湧上，讓她有點想哭，卻又認爲自己是不是太小題大做。

但是，簡若荷說她們是好朋友呢……或許這次的結果會不一樣，她應該試著相信對方。

「妳知道『菡萏』是荷花的別名嗎，妳的名字裡有『荷』，我的名字裡有『菡』，不覺得很巧嗎？」

「哇，原來是這樣，也太剛好了吧。」簡若荷兩手拉著自己的雙馬尾放在嘴邊，呵呵地笑了起來。

見到她的笑容，蘇雨菡鬆了一口氣，「所以我們是命中注定的好朋友。」

「是呀，是好朋友。」簡若荷站起來，拉起蘇雨菡，「快要上課了，我們回教室吧！」

「嗯。」

蘇雨菡再次喝了口奶昔，沒多少人可以接受這種香草混合巧克力的口味，所以這款飲料賣得並不好，基本上只有蘇雨菡固定消費。

那黏膩的液體流淌過蘇雨菡舌尖上的每顆味蕾，她忍不住閉上了眼睛。

北野晴海喜歡香草口味，紀青岑喜歡巧克力口味，而她喜歡兩者混雜的綜合口味。

這款奶昔宛若是爲了她而製造出來。

就像她，是爲了他們兩個而存在。

✦

高一下學期剛開學沒多久，很多事情必須重新來過，例如必須重新選擇社團，這同時代表得重新認識社團裡的成員。

不過這倒不困難，畢竟上學期自己和紀青岑、北野晴海同社團，蘇雨菡基本上也沒辦法認識什麼人。

當初爲了公平起見，他們選了三個人都沒興趣，但也都不排斥的電影賞析社。原先想說觀看電影、討論電影以及寫下觀影心得，這些都還可以接受，沒想到社團老師挑的電影全是經典的黑白老電影，他們的藝術涵養沒有這麼高，導致幾乎每節社團課都睡了過去。

有了上學期的教訓，這學期三個人學乖了，北野晴海選擇動漫研究社，紀青岑選擇日本文化研究社。兩個男生意外地對日本的事物很有興趣，然而蘇雨菡沒有，因此她並未答應與他們哪個人同社團。

況且蘇雨菡心中另有想法，她覺得自己偶爾也該脫離兩個男孩的保護傘下，去到一個沒有人認得他們的地方，一個沒有人是爲了接近北野晴海或是紀青岑，而和自己當朋友的地方。

所以當她打聽到攝影社成員絕大多數都是學長姊，且唯一一個一年級社員的班級也離他們三人遠得要命，她便打定主意要加入攝影社。

在上第一次社團課前，早已調查好攝影社成員組成的北野晴海很放心，還開口要蘇雨菡玩得愉快。見北野晴海如此，紀青岑也聳聳肩，摸摸蘇雨菡的頭，三個人就在中庭分別。

蘇雨菡懷著忐忑又期待的心情來到攝影社，攝影社的社團教室位於體育館旁邊的一棟老舊小木屋內。

「妳是新生嗎？」

蘇雨菡循聲回頭，只見一名綁著馬尾、身材高䠷的女生站在自己身後，對方的肌膚呈現長期曬太陽的栗子色，看起來陽光又健康。

「對，我這學期才加入攝影社。」蘇雨菡點頭。

「我是方馥紘，攝影社社長。」方馥紘朝社團教室走去，推開門朝裡面大喊：「有新夥伴加入囉！」

「歡迎歡迎！」裡面幾個人立刻拍手歡呼。

攝影社的社團教室空間不大，不過容納十個人還算綽綽有餘，方馥紘把手上的東西丟到一旁的桌子上，站在白板前面正準備點名，環顧四周後，像是注意到了什麼，皺眉說：「奇怪，顧問還沒來嗎？」

「顧問什麼時候準時過了？」其中一個男社員回答，「還好這學期有新生，不然我們社團可能要被廢掉了。」

「真的！新社員，妳是哪一班的？快介紹一下自己，讓大家認識這位拯救我們的英雄！」方馥紘趕緊將蘇雨菡拉到自己旁邊。

「我是一年一班的蘇雨菡，沒有學過什麼專業的攝影知識，但是我很會用手機拍照。」蘇雨菡邊說邊秀出自己手機相簿裡的照片，拍攝主題大多是花草樹木天空等。

眾人欣賞完照片後又是一陣掌聲。

「等等，一班的蘇雨菡……」一名戴著眼鏡的男生冷不防開口。

所有人都面露好奇，只有蘇雨菡內心一緊。

難道他要說她和北野晴海、紀青岑的事嗎？

「就是那個考第一名的蘇雨菡對吧？」

蘇雨菡沒想到眼鏡男說的是這件事。

「啊，對……不過我成績沒有非常好，那次只是湊巧。」她小小吐舌。

「考全年級第一名哪叫湊巧啊！我已經很努力了，還是拿不到第一，妳別謙虛。」眼鏡男搖頭，並表明自己那次考了全年級第二名，「我是五班的田箴，妳要記住我，有一天我會超越妳變成第一名的。」

「你應該要說『這學期』會超越她成為第一名吧，『有一天』聽起來超弱的！」旁邊一位胖男生大笑。

「可惡！阿胖學長你不要笑！」田箴氣紅了臉。

「總之，田箴本來是攝影社裡唯一的一年級生，現在多了妳就是兩個了，其他都是二、三年級的學長姊。唉……希望我們畢業後還會有新的成員加入！」方馥紘搖頭嘆氣，就在這時候門突然被打開。

「抱歉，我遲到啦！」一位有著一頭蓬鬆長髮的女生走進教室。

她穿著緊身上衣和短褲，身材勻稱，臉龐略微成熟，蘇雨菡猜測對方應該不是學校的老師。

「顧問！妳怎麼每次都遲到啦！」阿胖學長雖然像是在發牢騷，然而他是打著哈欠說完這句話的。

「我早就說過你們的社團活動時間剛好卡到一堂必修課，我已經用超級快的速度趕來了。」那女生把安全帽放到空著的椅子上，猛地抱住方馥紘，「別繃著一張臉呀。」

「走開啦！」方馥紘推開她，向蘇雨菡介紹，「她是潘呈娜，M大二年級的學生，她以前也就讀這所高中，是我們的學姊。」

「是我創立攝影社的喔！請多指教。」潘呈娜對著蘇雨菡眨眼，「我們這邊很自由，沒什麼規定，平常就是拍一些自己喜歡的照片，偶爾會有主題競賽，或者相約一起去看攝影展……至於成發，就是展覽社員們的得意之作囉。」

「欸，這些是我這個社長要介紹的吧。」方馥紘在一旁沒好氣地說。

「反正不都一樣，嘖，社團成員幾乎沒有變化，看來攝影社真的快完蛋了。」潘呈娜搖頭。

「學姊，別把社團的存亡重任交到我手上喔，太沉重了。」田箴很認真地推著眼鏡說道。

「沒心沒肺。」方馥紘無奈地翻白眼。

田箴忍不住竊笑，其他人也哄堂大笑。

蘇雨菡很高興自己選擇了攝影社，這裡都是學長姊，他們對一年級的人不熟，而唯一的一年級社員田箴像是也不知道北野晴海、紀青岑和自己的關係。在這裡，她只是蘇雨菡，而不是北野晴海和紀青岑旁邊的那個女生。

儘管和他們綁在一起也是一種幸福，可是偶爾她也會想要一個人待著。

「既然今天是這學期第一次社團活動，就來點輕鬆的吧！」潘呈娜雙手叉腰，「大家去校園各處隨便拍個一百張照片，最後請選出三張參賽，得票數最高的人可以獲得……」她看了方馥紘一眼。

方馥紘就像是小助手一樣，從口袋拿出兩張紙，「免費的日本料理招待券。」

「喔喔喔！」所有人都躁動了起來，而後立刻拿著手機往外跑。

「記得準時回來喔！」方馥紘大聲喊道，回過頭才發現蘇雨菡沒有動作，「妳不去嗎？」

「我可以用之前拍的照片嗎？」

「不行！一定要今天拍的才行。」潘呈娜坐到一旁，翹起修長的腿，「妳不想要招待券嗎？我們一致認爲這獎品很好耶。」

「很棒呀，我很喜歡。」可惜只有兩張，她不會單獨和北野晴海或紀青岑出去，另一個人自己付錢其實也可以，但是要選誰來付呢？

這個世界，對單數總是比較殘酷。

「都來攝影社了，唯一該做的就是拍照，快去吧！」方馥紘拉起蘇雨菡的手，把她往門外推。

蘇雨菡沒辦法，只好從包包取出手機往前走，走了幾步，她回頭看向社辦，瞧見潘呈娜和方馥紘正在自拍……她忘記問學姊們是不是也會加入戰局。

她沿路拍了花草、天空與校園一隅，最後計算了一下，她居然才拍了十幾張照片而已，要怎麼才能拍到一百張？

就在這時候，她驀地聽見某間教室傳來唸誦日語的聲音，循著聲音她來到了日文研究社的社團教室。

蘇雨菡朝裡頭望去，見到紀青岑坐在講臺下方看著老師講解日本傳統藝道，老師請大家投票選出想體驗的項目。

蘇雨菡舉起手機，對準了紀青岑按下快門，畫面裡的紀青岑正認眞低頭寫筆記，神情專注柔和。

此時，紀青岑發現了站在教室外的蘇雨菡，挑起一邊的眉毛，朝她微笑。蘇雨菡當然沒放過這個機會，又拍下幾張他微笑的面容，然後手指著講臺要他專心上課，之後便離開了日文研究社。

過沒多久，紀青岑傳訊息過來。

「老師問我們想體驗哪種藝道，我選花藝，妳覺得如何？」

「選你有興趣的呀。」

「我想選妳喜歡的。」

蘇雨菡心中泛起一絲甜蜜，迅速打字回覆。

「那就選花藝吧。」

「知道了。」

她帶著手機繼續往前走去，打算找尋動漫研究社的教室，沿路順便拍了其他學生或上課或聊天或打球的照片。

「勇者派站那邊、惡魔派站那邊！」

還沒靠近社團教室，蘇雨菡就聽見北野晴海的說話聲。

她悄悄靠近，從敞開的窗戶偷窺，只見北野晴海站在講臺上，拿著粉筆在黑板上寫上大大的「勇者」、「惡魔」四個字。

其他社員們則都站在臺下，顧問老師坐在一旁，似乎把舞臺交給了北野晴海。

「北野晴海爲什麼會在動漫社啦，好可怕喔。」

「沒想到他也喜歡《惡魔勇者兵團》。」

「嗚嗚……早知道我就參加別的社團了。」

幾個看起來就是漫畫愛好者的學生們竊竊私語地討論，他們大概料想不到，開學第一天就因爲打架而名氣大增的北野晴海會喜歡動漫到參加相關社團吧？

畢竟這和他的人設一點都不搭，不過單就外表來說，北野晴海一臉稚氣，著實看不出他打起架來那麼狠戾。

「快點選擇，勇者站那邊、惡魔站另一邊！」北野晴海又說了一遍。

「要是和他喜歡不一樣的，會不會被打啊？」有人如此說著。

但因爲那人的音量不大，大概只有站在窗邊的蘇雨菡能聽見吧，她不禁搖頭失笑，北野晴海的確很會打架，可是他並不是欺善怕惡的類型。

她拿起手機，拍了幾張北野晴海站在臺上指揮眾人的照片。

幾分鐘過去，北野晴海站在兩派人馬的中間，開始向大家解析這部漫畫的伏筆處。

社團成員們從最初的害怕，到後來反而因他精采的劇情解說轉爲崇拜，紛紛拍手叫好，甚至還和北野晴海擊掌。

動漫的世界蘇雨菡不了解，不過這不妨礙她又拍下幾張北野晴海和大家歡樂擊掌的模樣，然後才默默離開。

對於北野晴海沒發現自己的存在裡，蘇雨菡有點小失落，就在她轉身走下樓梯時，冷不防收到北野晴海的訊息。

「妳偷拍的照片記得傳給我。」

蘇雨菡不禁雙頰一紅，轉頭看去，北野晴海正盯著她，且對她露出燦爛的笑容。他還是有注意到自己。

即便她站在角落，他們都有注意到她。

蘇雨菡一邊走回社團教室，一邊看著手機裡的照片。她沒有拍滿一百張，拍得最好的相片是北野晴海與人擊掌，以及紀青岑低頭寫筆記的樣子。

然而她不想讓其他人看見他們兩個這樣的照片，那是屬於她的。

她嘆了口氣，抬頭瞥到方馥紘和潘呈娜拿著手機，拍攝社團教室外的景觀。

兩個漂亮的女生站在一起，陽光恰到好處地落在她們身上，一陣風吹過，方馥紘的裙襬隨之飄揚，潘呈娜則露出了美麗的微笑。

這一幕彷彿畫作般，蘇雨菡不由得舉起手機，紀錄這美好的瞬間。

最後，她拿了這張照片參賽。

「哇，沒想到我們被偷拍了。」潘呈娜吹了聲響亮的口哨，「拍得還真好，等等傳給我。」

「這光線和構圖簡直是天時地利人和……」方馥紘凝視著照片中的自己，有些失神。

「妳們兩個都把這張照片誇成這樣，還需要比嗎？」田箴兩手一攤，「又是蘇雨菡拿下第一名嗎？」

「我也覺得她拍得滿好的，我願意棄權。」阿胖學長說。

其他社員同樣沒什麼競爭心，但田箴還是堅持亮出自己的照片，畫面中是體育館內籃球社成員們的英姿，其中的光影與動作呈現得非常好。

「我拍的是彩虹。」方馥紘拿出手機連接印表機列印照片。

潘呈娜也印了一張，是她剛才在外面拍攝的方馥紘的背影。

「哇，學姊，妳被當模特兒兩次耶。」一個二年級的學生驚呼道。

「當然啦，方馥紘很上相。」潘呈娜語帶驕傲，親暱地搭著方馥紘的肩膀，方馥紘的臉色卻略微一沉。

「好了，別鬧了，就用這三張來表決吧。」方馥紘甩開潘呈娜的手，將蘇雨菡、田箴和她拍攝的照片列印出來後，貼到白板上。

「我的呢？」潘呈娜搖晃著自己的手機。

「妳是顧問，顧問不能參賽。」方馥紘無情地回應。

「小氣。」潘呈娜一笑，坐到一旁的椅子上等待結果出爐。

最終是蘇雨菡的照片獲得最高票，於是她手裡多了兩張日本料理招待券。

社團活動時間結束，蘇雨菡走回班級教室時，果不其然在走廊前方的樓梯角處看見北野晴海和紀青岑的身影。

她正準備舉起手和他們打招呼，田箴就追了上來。

「蘇雨菡。」

這一聲叫喚讓蘇雨菡嚇了好大一跳，她下意識望向北野晴海和紀青岑，他們收回了方才輕鬆的姿勢，站直身體似乎打算走過來。

「剛剛那張照片傳給我。」田箴絲毫沒察覺到那兩人，逕自拿出手機。

「哪一張？」蘇雨菡一邊緊張地盯著北野晴海和紀青岑，時不時又把視線落在前方的田箴身上。

「有學姊的那張。」

「喔。」她快速掏出手機，找到田箴的手機訊號後立刻傳送檔案。

「謝了！」田箴露出微笑，滿意地打量著手機裡的照片，轉身離開。

與此同時，紀青岑與北野晴海來到了她身邊。

「那個人是誰？」紀青岑的手摸上蘇雨菡的臉頰。

「田箴，一年五班，學藝股長。攝影社唯一的一年級成員，從上學期就入社了，另外他上學期的總成績是全一年級第二名。」北野晴海準確說出了田箴的所有情報。

「你調查過他？」蘇雨菡瞪大眼睛。

「妳要去攝影社，我能不調查嗎？」北野晴海的語氣理所當然。

「爲什麼要調查？」

「我要知道妳周遭有哪些人、知道妳處在什麼樣的環境。」北野晴海的指尖輕輕滑過蘇雨菡的臉頰，「有什麼問題？」

「你不信任我嗎？」

「我是保護妳。」北野晴海瞇起眼睛。

「好了。」紀青岑伸手攬過蘇雨菡。

北野晴海瞥向他，挑起一邊眉毛，「我沒做錯。」

「我沒有覺得你做錯。」紀青岑注意到附近的同學們正注意著他們三人的一舉一動，他鬆開了原本攬著蘇雨菡的手，「雨菡，妳在驚訝什麼？」

「我連保有隱私的自由都沒有嗎？」

北野晴海笑了，「雨菡，無論妳是什麼樣子，我都會愛妳，所以妳爲什麼需要隱私？」

蘇雨菡幾乎不敢相信自己聽到了什麼。

「雨菡，妳不是一開始就知道我們會這麼做了？難道妳以爲當初我們只是開玩笑？」紀青岑貼在她耳邊輕聲說。

「我……」蘇雨菡腳有些發軟，語氣微弱地辯解：「我知道，可是我沒想到你們會做到這種程度，這樣很奇怪……」

「奇怪？」兩個男生冷笑，互相看了一眼。

「我們的答案跟那一天一樣。」

「喜歡他，就要連我一起喜歡。」

「這就是我們的條件。」

「所以，這一切並不奇怪。」

蘇雨菡抬頭看著北野晴海和紀青岑，他們眼神溫柔地說出悖德的話語，臉上的表情堅定中帶著滿溢的扭曲。

「這點我一直很清楚」蘇雨菡小聲說：「你們兩個我都喜歡，一樣喜歡。」

北野晴海滿意地捏了捏蘇雨菡的臉頰，「妳要知道，我做的一切都是爲了我們好。」

紀青岑則是聳肩，跟著抬手捏了蘇雨菡另一邊的臉頰，「我們永遠都不會做出讓妳陷入危險的舉動，只是想確認妳身邊有誰而已，確認那些人沒有威脅性之後，就會讓妳自由地交朋友。」

「對，我們會先過濾掉壞人，這樣妳身邊只會剩下好人。」北野晴海像是被自己的話逗樂，放聲大笑。

蘇雨菡無奈嘆氣，拿出口袋裡的票券，「我拍的照片獲勝了，獎品是日本料理餐券，不過只有兩張。」

「沒關係，剩下的費用我們兩個一人各出一半。」北野晴海接過餐券。

「一人各出一半。」紀青岑重複。

「嗯。」蘇雨菡輕輕點頭。「一人各出一半。」

三人過於親暱的關係，從高一上學期便受到眾人的關注，如今，他們在公開場合毫不避諱的肢體碰觸，再一次成爲校園中流傳的八卦。

第二章

蘇雨菡在國三畢業那天，決定向他告白。

她考慮了很久是否要表達心意，尤其在得知對方未來也念青海高中後，她更猶豫了。

倘若告白被拒絕，兩人又不小心在高中被分到同一班，那她豈不是很難堪……

可是說不定他根本不會記得自己，她又何必想這麼多呢？

所以蘇雨菡才會下定決心約他來學校的後花園，在等待的期間，她想著過去三年與他有關的回憶。

國一的時候，紀青岑因爲成績優異在朝會時上臺領獎，那端正的五官與出眾的氣質，頓時令眾多女學生爲之傾倒。

蘇雨菡那天同樣也因爲成績優異而上臺，所以她可以很清楚地看見他的面容。長得眞是好看呢。

她內心這麼想，但也僅此而已。

所有得獎者接過獎狀後依序走下臺，走在紀青岑身後的蘇雨菡注意到他的手指捏緊了獎狀。

一般人領到獎狀不是都會很珍惜，避免獎狀產生一絲褶痕嗎？

紀青岑捏緊獎狀的模樣，讓蘇雨菡牢記在心。

蘇雨菡和紀青岑不同班，她最常見到紀青岑的場合是在司令臺上領獎，此外也常常在校內廣播中聽聞他傑出的表現。除了紀青岑，還有另一個名字也經常出現在朝會或是廣播之中，不過內容大多都是負面的。

比起紀青岑，她更常在學校裡看見北野晴海。

北野晴海精力充沛的身影不時出現在校園裡，有時候還有老師在後面追著他邊跑邊罵。他的身邊總是跟隨著一票人，他最常活動的地方是籃球場。

有一次蘇雨菡無意間瞧見北野晴海遲到了，他偷偷從後門的圍牆爬進學校，結果不小心摔下來，手肘受傷流血，他和朋友笑成一團，似乎是覺得這樣很蠢。

無論什麼時候，北野晴海的臉上都洋溢著笑容。

而紀青岑則多半板著一張臉，神情漠然。蘇雨菡偶爾經過他的教室望進去，總是看到他坐在位子上念書，她沒見過他玩樂、沒見過他微笑。

每次上臺領獎，紀青岑永遠都站姿筆直，不苟言笑、神色緊繃，有時候蘇雨菡甚至有種感覺，他是咬緊牙關接過每一張獎狀……

直到某次放學，她在路上巧遇紀青岑。

他修長的影子被夕陽拉長，形單影隻的樣子讓蘇雨菡覺得他很孤獨，相比北野晴海身旁總是人群簇擁，紀青岑總是一個人。

明明紀青岑和北野晴海平常沒有任何交集，個性也大相逕庭，可是蘇雨菡就是會下意識把兩個人放在一起比較。

或許是夕陽加深了惆悵，或許是紀青岑孑然的身影，又或許是她對他太過好奇，蘇雨菡就這樣慢慢地跟在他的身後。就算到了她該轉彎的路口，她還是繼續跟著，彷彿想陪他走完這一段路。

紀青岑冷不防地停下來，蘇雨菡嚇了一跳，趕緊縮到一旁的牆後。

他從書包裡拿出那張被揉得稀巴爛的獎狀，努力用手把它攤平，最後夾進課本裡，踏進一旁的高級大廈。

這樣的行徑被蘇雨菡看在眼裡，她心中很是不解，紀青岑爲什麼要這麼做？

不知道從什麼時候開始，暗中觀察紀青岑和北野晴海變成了蘇雨菡的每日習慣，時間久了，她甚至會將觀察記錄寫在小本子上。每天睡前她還會翻閱小本子，回想那兩人當天的神態表情，不自覺露出微笑。

蘇雨菡這樣的行爲持續一年多，沒有人察覺她的祕密，直到國二的某個午後，變故發生了。

當蘇雨菡從廁所回來時，班上的幾個女生圍在她的座位旁邊。

起先她只覺得疑惑，當她走近座位，卻看見與她最親密的好友黃靜佳手上拿著她隨手放在抽屜裡的觀察本。

「我常常看到蘇雨菡在寫這個，原本以爲是什麼課堂筆記，沒想到居然是北野晴海和紀青岑的觀察日記。」黃靜佳刻意提高音量，吸引眾人的注意。

「好可怕……她是跟蹤狂嗎？寫得太詳細了吧。」

「哇，你們看日期，她一年前就開始寫了！」

「要不要告訴他們啊？」

一群女生一邊大肆訕笑，一邊拿出手機翻拍。

「妳們在做什麼！」蘇雨菡衝上去想要搶回自己的本子，但她個頭嬌小，黃靜佳又比她高很多，她光是舉起手蘇雨菡就碰不到了，再加上對方人多勢眾，蘇雨菡便被大力地推開。

「蘇雨菡呀！沒想到妳私下會做這麼噁心的事情。」

「要是告訴北野晴海和紀青岑的話，妳覺得會怎樣？」

「好噁心喔，妳該不會同時喜歡他們兩個吧？」黃靜佳嘲笑她。

最後這句話，使得蘇雨菡內心一震，臉上露出一絲愕然。

「唉唷，看妳的反應……難道被我說中了？」黃靜佳露出嫌惡的表情。

「哈哈哈，好噁喔！所以說成績好又如何？腦子還不是很怪。」

「他們兩個根本不認識妳吧？妳這樣有夠像變態，根本可以報警抓妳了。」

所有人你一言、我一句，惡毒又傷人的話語充斥整間教室。

蘇雨菡的身體不禁微微顫抖，她以爲自己只是一個觀察者，出於好奇心，才將觀察到的結果記錄在筆記本。

她之所以做出這樣的行爲是因爲喜歡他們？同時喜歡兩個人？

這種事有可能嗎？

接著一股羞愧襲來，蘇雨菡大叫著衝上前去想搶回本子。

見蘇雨菡崩潰失控，班上那群女生更開心了，她們像是在逗弄獵物，把本子互相傳來傳去，引得蘇雨菡在教室裡跑得筋疲力盡。

幾個男生們還拿起手機錄影，比較壞的人甚至開啓了直播，走廊上因此漸漸聚集了人潮。

這樣的騷動當然也引來了兩位當事人，先來到教室外的是紀青岑，他依舊板著一張臉。圍觀的人群見狀自動讓開一條路，同時不斷竊笑，想看接下來有什麼勁爆的場面。

「蘇雨菡！紀青岑來了喔！」有人大喊。

蘇雨菡嚇得停下腳步，僵直了身軀，不敢回頭。

「妳不拿著這個向他表明妳的愛意嗎？」黃靜佳搖晃著手中的筆記本。

「還給我！」蘇雨菡尖叫，這番哭鬧下來，她感覺自己狼狽不堪，和她平時的形象截然不同。

「本來就看她很不爽了，這下子剛剛好。」幾個女同學在一旁冷嘲熱諷。

蘇雨菡被這些話深深刺傷，她望向那群女同學，明明以前一起念書、玩樂……她還曾經花時間做筆記給她們，尤其是眼前的黃靜佳，她不是自己最好的朋友嗎？她們不是一直相處得很好嗎？

紀青岑並沒有做出任何動作，只靜靜站在教室外望著這一切，而蘇雨菡仍背對著他，她不敢讓他看見自己的臉。

「是怎樣啊？」北野晴海大陣仗地出現，身後跟了一群人。他人畜無害的臉上掛著笑容，手插著口袋走了過來，停在靠近教室前門的窗邊。

紀青岑站著的地方靠近後門，他與北野晴海互望一眼，又一同往教室裡頭看去。

蘇雨菡只覺得兩隻腳像是生了根般動彈不得，四周的視線宛如芒刺在背，讓她冷汗直流、牙齒打顫。

「聽說那女的是跟蹤狂，在筆記本上紀錄了一堆關於你們的事情。」有個男生在一旁跟北野晴海報告。

「嗯——」北野晴海雙手放到窗緣，周遭所有人都在等著他的爆發，特別是拿著本子的黃靜佳，正興奮地看著北野晴海。

「妳，拿過來。」他指了指黃靜佳。

「在這裡！」黃靜佳馬上奔到窗邊，雙手奉上。

北野晴海打開本子翻了幾頁便闔上，冷聲說：「這上面寫滿了關於我的事，你們這群人卻拍照、直播，散布到網路上？」

眾人一愣，黃靜佳的笑容更是直接僵住，北野晴海伸手拉住黃靜佳的衣領，「人家偷偷寫在本子裡，是礙著誰了？妳非要大聲朗讀，還找人一起看，豈不是把我的事情都攤在陽光底下？」

「我、我只是……想叫她別這麼噁心，那些事都是你的個人隱私啊，她怎麼可以……」

「不是啊，妳哪邊聽不懂？把這件事公布出來的是誰？是誰在侵犯我的個人隱私？」北野晴海鬆開黃靜佳的衣領，「噁心的到底是誰？」

黃靜佳嚇得發抖，哇的一聲哭出來。大家更是如鳥獸散，有的人則開始撇清關係，把錯都推到黃靜佳身上，指控是她先動手翻蘇雨菡的抽屜。

紀青岑見狀冷笑一聲後轉身離開，而北野晴海則把那本子丟回教室的桌上，瞪著教室裡的每一個人。

「如果再讓我知道有這樣的事，你們應該明白我會怎麼處理。」語畢，他也轉身離開了。

僅僅國二的北野晴海，已經擁有讓人懼怕的性格與能力……然而大家都料想不到他今天的反應會是如此。

站在教室中央始終背對著走廊的蘇雨菡擦去眼淚，走到窗邊的桌子旁，拿起那本筆記本。

「都是妳！」原本正在啜泣的黃靜佳一手抓住蘇雨菡的肩膀，另一手使勁地打了她一巴掌。

蘇雨菡不是好惹的，也用那本子朝黃靜佳的臉重重搧去。

「妳居然敢打我？」黃靜佳愣住。

「妳先打我的。」蘇雨菡眼神冰冷，把筆記本中所有寫著字的紙頁全數撕碎，「你們還有空在這看熱鬧？不快點把剛才拍的照片和影片刪掉嗎？」

所有人聽聞後紛紛刪除手機中的影像紀錄，以免未來被北野晴海找碴。

「我跟妳沒完！」黃靜佳惡狠狠地撂下這句話。

之後的幾個禮拜，黃靜佳無所不用其極地找蘇雨菡的麻煩。

像是把垃圾丟進她的抽屜，或是把她的課本藏起來，甚至故意把髒水潑到她身上等等，都是一些非常幼稚的惡作劇。

蘇雨菡也不是吃素的，她每次都會更加用力地反擊回去，例如她的課本被亂畫，她就會立刻撕爛坐在她旁邊的人的課本；要是有垃圾放在她抽屜，她便會抓起垃圾往隔壁丟；如果被潑了髒水，她就會去抱住離她最近的同學。

這樣一來，一起遭殃的永遠都會是坐在她座位附近的人，爲了抑制蘇雨菡瘋狂的行爲，那些同學只得在其他人準備整蘇雨菡前出面阻止。

不過黃靜佳卻無視這些，久而久之，最後班上只剩下她一個人還在跟蘇雨菡作對。

所以在黃靜佳又一次莫名推蘇雨菡時，她推了回去，而後直接在班上對著黃靜佳大吼：「妳爲什麼要這樣對我？」

蘇雨菡不明白她們明明曾經是很要好的朋友，怎麼如今關係會變得如此惡劣？

「因爲我喜歡北野晴海！妳讓我在他面前丟臉。」其實這就只是單純的遷怒罷了，但黃靜佳才不管，她需要一個發洩的出口。

「那根本是妳自己的錯！」蘇雨菡大叫。

盛怒之下，黃靜佳拿起一旁桌上的礦泉水就往蘇雨菡丟去，不偏不倚砸中了她的頭……

等蘇雨菡再次張開眼睛，她已經躺在保健室裡。她的父母對於女兒在學校遭遇這樣的霸凌事件非常生氣，並要求黃靜佳向蘇雨菡道歉，也責備學校毫無作爲。

一個月後，黃靜佳轉學了。

從此，再也沒有人找蘇雨菡麻煩，她也成爲了徹底的邊緣人。儘管她依然是那個有著好成績的蘇雨菡，可一整天下來，除了上課回答老師的問題外，她幾乎沒有開口和其他人說話。

每節下課她最常去的地方就是圖書館，那裡既安靜又不會有人盯著她看，她能夠好好地休息。

她偶爾仍會靜靜看著在球場上奔跑的北野晴海，以及偷偷跟著紀青岑回家，望著他在家門前把揉爛的獎狀攤平。

除此之外，她與他們兩個，沒有其他交集。

彷彿一切都船過水無痕，蘇雨菡就這樣平靜無波地升上國三。

然而黃靜佳那天的話，早已如同一顆種子落入她的心田，慢慢發芽、生根、瘋狂生長，最終成了粗壯的莖幹。

「好噁心喔，妳該不會同時喜歡他們兩個吧？」

她喜歡著他們嗎？

人可以一次喜歡兩個人嗎？

不，絕對不行的。

所有考試卷上的題目都有答案，那些答案可以從課本上，或是經由學習獲得，可是人生面臨的問題卻沒有標準答案，她也不知道該如何找出解答。

在那段自我懷疑、摸索答案的過程中，蘇雨菡偶然在網路上聽到地下樂團的音樂。

那部影片畫質並不清晰，但是主唱一頭紅髮很是醒目，他的聲音雖然不沙啞，聽起來卻顯得異常滄桑，不過從他模糊的五官以及打扮推測，這人年紀應該不大。樂團名稱爲blindness，唱的歌曲皆爲自創曲，有時候似乎還是自創語言。那些旋律與音樂透過手機傳送進她的耳裡，撫慰了她的心靈。

於是，蘇雨菡一邊帶著自己是否同時喜歡紀青岑和北野晴海的疑問，一邊持續觀察著兩人，迎來國三的最後時光。

當蘇雨菡得知自己眞的和北野晴海與紀青岑考上同一所高中時，她欣喜不已，所以她在畢業的前一晚寫下了那封信。

把喜歡的人約出來，她想要當面表達自己這三年的心情，也順便為國二那一天的事情道歉。

她想過對方或許不會過來赴約，沒想到紀青岑出現了。

於是她告白了。

但是北野晴海隨後也出現了。

「喜歡他，就要連我一起喜歡。」

「這就是我的條件。」

「三個人一起交往，不會很奇怪嗎？」

「怎麼會？只要我們都同意不就好了？」北野晴海勾起嘴角。

「重點是，妳想不想跟我們交往。」紀青岑對她伸出手，「妳只有兩個選擇，擁有我們兩個，或是兩個都沒有。」

答案不是很明顯嗎？蘇雨菡接受了那項條件。

即便她內心偶爾會湧上一股「這樣不正常」、「這樣很奇怪」的想法，可是和他們在一起很愉快，他們很疼愛她，也對她很溫柔。

另外，蘇雨菡也是在告白的那一天後才知道，北野晴海和紀青岑私底下關係很好，只是在學校他們從來沒有表現出來，甚至像陌生人般。

她想問他們其中是否有什麼隱情，以及為什麼兩個人願意一起與她交往？

然而蘇雨菡並沒有問出口，她本能地知道，他們不會回答。

至於三個人一起交往和兩個人交往有什麼不一樣？

目前看來，她也說不出個所以然。

大多時候都是三個人一起逛街、吃飯、看電影等，偶爾他們會碰觸她的臉頰與頭髮，除此之外就沒有其他的肢體接觸了。

升上青海高中後，他們三人幸運地分到同一班，這樣的巧合讓蘇雨菡相信一切是命運的安排。

和國中相同的是，紀青岑一樣是一位優等生，北野晴海依舊是讓同學遠離、讓老師頭痛的人物，唯一不同的是，兩人不再隱瞞他們其實很友好的關係。

這一次北野晴海在入學前，就因爲在校外和人發生衝突進了警局，使得他尚未入學就先廣爲人知，更讓學校裡的學生對他產生了一絲懼怕。

可是當北野晴海出現在眾人眼前時，所有人都困惑了，他的笑容既陽光又開朗，怎麼看都不像是會和人打架的類型啊！

結果就有不長眼的小白目爲了試探虛實而去找北野晴海的麻煩，聽目擊同學說，前後大概經過不到三秒，那人就被打趴了。

當時，紀青岑和蘇雨菡都一臉無語地站在旁邊目睹全程。

北野晴海隨即名聲大噪，而紀青岑呢？

他如混血兒般帥氣的外型本來就很吸睛，再加上他成績優異，入學時甚至作爲學生代表上臺演講，引來眾多女生青睞，導致他三天兩頭被人約出去告白。

「我也很帥呀，怎麼都沒人跟我告白呢？」當紀青岑不知道第幾次被找出去時，北野晴海坐在位子上，故作惋惜地這麼說。

「應該沒有女生敢和常常打架的男生告白吧？」蘇雨菡呵呵笑著。

「喔？那妳呢？」北野晴海瞇眼問道。

「不能這樣問我。」蘇雨菡紅起臉。

「哈哈，青岑不在，我這樣子好像不行喔。」北野晴海往後靠向椅背，定定地看著她，「妳是五月五日生日吧？」

「是呀。」

「妳知道青岑的生日嗎？」

「四月十二日。」

「那我呢？」

「一月十二日。」

北野晴海露出滿意的笑容：「我會先十六歲，再來是青岑，最後是妳。」

「嗯。」這不是理所當然的嗎？蘇雨菡不明白北野晴海爲何刻意提起這件事。

「我們會等妳到十六歲。」

「什麼？」蘇雨菡失笑，北野晴海講話總是讓她聽不懂。

「就是字面上的意思。」紀青岑不知何時回來了，一屁股坐到旁邊的椅子上。

「十六歲有什麼特殊的意思嗎？」

兩個男生相視一笑，「到時候妳就知道了。」

既然聽不懂，他們也不肯說清楚，蘇雨菡決定轉移話題，「這次又是女生找你告白嗎？」

紀青岑伸手摸了蘇雨菡的臉頰，「我拒絕了。」

「我知道。」面對他這麼直接又快速的回應，蘇雨菡反倒有點害羞。

「我們剛才在討論，明明我也很帥，爲什麼那些女生只向你告白？」

「有得出什麼結論嗎？」

「雨菡說我太可怕了，沒有女生會向我告白。」北野晴海手托著下巴，「不過其實我也有不少愛慕者，所以妳也要有一點危機意識啊。」

他捏了一下蘇雨菡另一邊的臉頰表達自己的不滿。

「沒有啦，就算有女生向你們告白我也不擔心，只是覺得有點煩。」

「原來不是擔心，是覺得煩喔……」紀青岑癟嘴，「每次告白的女生都說，是因爲看見我上臺領獎才開始注意到我。」

「一定是的吧，畢竟你不僅以榜首入學，第一次期中考又考了全年級第一名呀。」蘇雨菡頗爲認同地點點頭，「至於晴海的話就是打架了。」

北野晴海聞言有些驕傲。

「好吧，我決定了，今天開始我不再上臺領獎。」

蘇雨菡和北野晴海互看一眼，不曉得紀青岑是什麼意思。

「我不再當第一名了，這樣就不需要上臺，也就不會有人再因此向我告白了吧。」

「哈哈哈，這作法太極端了吧。」北野晴海大笑。

「是啊，只要女生約你出去告白時，不要出現不就好了。」

紀青岑似乎已經下定了決心，並沒有理會北野晴海和蘇雨菡對此提出的看法與建議。從那天起，他不僅不再赴任何女生的約，也眞的不再考第一名了。

後來高一上學期第二次期中考和期末考，全年級第一名都換成了蘇雨菡。

當然，她的成績本來就好，不過還是多虧了紀青岑的讓賢，以及她恰巧運氣好，在考試時猜對了幾題。

儘管三個人時常膩在一起，且互動親密，卻幾乎沒有公開牽手或是勾手搭肩之類的舉止，所以許多人都以爲他們只是感情很好的朋友。

於是蘇雨菡身邊聚集了許多人，一開始她非常高興，可她發現這些人都是爲了北野晴海或是紀青岑才接近她，要她幫忙傳情書、一起約出去玩……

「拜託，你們不是很要好嗎？」

「我們就一起出去玩就好啦，剩下的我自己想辦法。」

「又沒關係，反正他們沒有女朋友。」

這樣的話語不斷出自不同的「朋友」口中，讓蘇雨菡疲憊無比，她更不可能向那些人坦白說出他們其實有女朋友，而且他們的女朋友就是自己。

「不然妳告訴我，妳比較喜歡哪一個，我就選另一個吧。」高一上學期，和蘇雨菡最親近的陳語雯曾這樣說。

這句話讓蘇雨菡充滿疑問，「爲什麼？」

「不要搶朋友喜歡的人呀，如果妳喜歡北野晴海，我就追紀青岑；如果妳喜歡紀青岑，我就追北野晴海。」陳語雯兩手拉著蘇雨菡認眞道。

「可以這樣選擇嗎？」

「因爲他們兩個都很優秀，我不管和誰在一起都會很開心。」

蘇雨菡咬唇，「但難道妳不會想……和他們兩個同時在一起嗎？」

「怎麼可能啊！哪有人會同時和兩個男生一起交往！很奇怪耶。」陳語雯以爲蘇雨菡在開玩笑，忍不住哈哈大笑。

蘇雨菡瞬間又想起了黃靜佳說過的那句話。

那股噁心的感覺再次湧上，眼前的陳語雯面容漸漸變得扭曲、模糊，她彷彿快暈倒了。

「可是我……我兩個都……」話尚未說完，她便失去了意識。

蘇雨菡是在保健室的床上醒來的，北野晴海和紀青岑各自坐在一邊，神情擔憂。

「妳怎麼了？不是在和陳語雯聊天嗎？怎麼會突然暈倒？」北野晴海伸手摸了摸她的額頭，確認她沒有發燒，這才稍稍安下心來。

「她人呢？」蘇雨菡想坐起身卻渾身無力，紀青岑見狀上前將她扶起。

「回去上課了，由我們來照顧妳就好。」

「是不是她跟妳說了什麼？」北野晴海又問。

「沒什麼，語雯說她喜歡你們。」蘇雨菡曉得在他們面前不能說謊，畢竟北野晴海總是有辦法查到一切，「她問我喜歡你們哪一個，她就不跟我搶，去追另一個。」

「妳怎麼回答？」紀青岑問。

「我還沒回答就暈倒了。」蘇雨菡老實說，「但我有問她，如果你們她都可以，爲什麼不想兩個都要，她說那樣很奇怪。」

北野晴海頓時明白蘇雨菡要說什麼了。

「妳到現在還是覺得我們這樣很奇怪？」

「是很奇怪啊……」

「我們一直都很認真對待這段關係，也不會忽然要求妳選出一個，重點是，妳對此做好覺悟了嗎？」紀青岑嘆氣。

「覺悟？」

「喂。」北野晴海難得阻止紀青岑，「現在對她來說還太早。」

紀青岑望著一臉天眞的蘇雨菡，再次嘆了口氣，往後退開一步，「知道了。」

「什麼啊？」蘇雨菡不解。

兩個男生不再開口，只是不約而同在內心默默盤算著，在蘇雨菡眞正意識到這段三人關係的現實層面以前，必須暫時避免讓某些會擾亂她想法的人出現在她周遭。

於是幾天後，陳語雯不再和蘇雨菡有任何互動，無論蘇雨菡怎麼主動搭話、怎麼詢問原因，陳語雯都當她是空氣。

蘇雨菡傷心得在北野晴海與紀青岑的懷中哭了，她僅僅是想交個朋友罷了，爲什麼會這麼難？

「雨菡，只要我們兩個在妳身邊，妳在學校就很難交到眞心的朋友。」北野晴海並非虛言。

「那不就表示我會一直沒有朋友？」蘇雨菡紅著眼眶委屈道。

北野晴海與紀青岑聽了都是一愣，兩人對望一眼，接著雙雙露出燦爛的笑容——

蘇雨菡下意識說出這句話，是不是認定了他們會一直長伴在她的左右？

✦

「北野晴海和紀青岑私下找過我，他們叫我離蘇雨菡遠一點，別爲了接近他們而和蘇雨菡當朋友，因爲他們兩個都喜歡她，所有人都別想傷害蘇雨菡。我跟朋友打聽過他們三個以前的事，北野晴海眞的惹不得，看完這則訊息記得刪掉，否則一旦被發現，倒楣的是妳，不會是我。」

陳語雯把這則訊息傳給了班上每一個女同學。

而女同學們又紛紛傳給了她們其他班級的朋友，一傳十、十傳百，儘管有些人依舊抱持著懷疑的態度，卻也沒人敢完全不放在心上。

畢竟大家都知道北野晴海這個人有多可怕。

第三章

北野晴海與蘇雨菡還有紀青岑三個人的關係，至此便成爲校園中公開的祕密。大家不再接近蘇雨菡，本來很多人和她當朋友的目的就只是爲了接觸北野晴海和紀青岑，如今收到警告，自然而然就淡了那些心思。

在進入高一下學期之前，北野晴海的生日先到了。

北野晴海希望生日那天三人一起去海邊，所以一大清早，他們便搭乘火車來到海水浴場。

一月的氣候本就寒冷，再加上海邊颳來的陣陣刺骨海風，三個人擠成一團坐在沙灘上，即便穿著羽絨衣都不夠暖和。

「好冷喔！我們回去了吧。」蘇雨菡忍不住身體打顫。

北野晴海笑著攬住她的肩膀，爲她遮蔽寒風。

「我以前很常在生日這天來這裡看海。」北野晴海邊說邊看著前方灰白色的天空與洶湧的大浪，「可是從來沒有碰上好天氣過，一次都沒有……我的名字明明是晴海，生日這天碰上的卻都是陰天。」

他的話中包含著濃烈的寂寞，強勁的海風吹動著他的頭髮，北野晴海鼻尖泛紅，嘴角掛著微笑，看著海的眼神很是哀傷。

蘇雨菡見狀，伸手環抱北野晴海的腰。

「今年有我們陪你看海了。」

北野晴海露出燦爛的笑容，「從今年開始，到一輩子。」

「嗯。」坐在蘇雨菡另一側的紀青岑接話，「恭喜你先十六歲了。」

「哈，我等你們邁入十六歲。」語畢，北野晴海用力抱緊蘇雨菡，這是兩人第一次如此親密接觸。

出於習慣，蘇雨菡回過頭朝紀青岑伸手。

「今天是他的十六歲生日。」紀青岑搖搖頭，言下之意是今天是屬於北野晴海的日子。

「你也會十六歲的，只不過我先一步了。」北野晴海聳肩，在紀青岑面前將蘇雨菡抱得更緊。

「蘇雨菡。」北野晴海忽然支起她的下巴，微微抬高，「這是我的生日禮物。」

說完，他的唇落在蘇雨菡的唇上。

在冷冽的海風吹拂下，北野晴海的嘴唇有些乾燥、冰冷，帶著點鹹鹹的味道。而北野晴海彷彿還不滿足，用舌頭撬開蘇雨菡的嘴，試著探索得更深入，蘇雨菡愣住了，幾乎無法承受北野晴海猛烈的深吻。

紀青岑嘆氣，轉頭看向大海，浪花層層疊疊地拍打上岸，雖然他不想看到那兩人親吻的畫面，但他心中並無不平或怨恨。

直到兩人都因氧氣不足而微微喘氣，北野晴海才終於願意放過蘇雨菡的唇，稍稍退開。看著蘇雨菡嫣紅的雙頰，他忍不住又低頭輕吻了下她的唇，彷彿猶未饜足。

「結束了嗎？」紀青岑面無表情地看著他們。

北野晴海放聲大笑，蘇雨菡則害羞地捂住自己的臉。

她居然在紀青岑面前與北野晴海忘我地接吻，而且這還是她的初吻……

「你眞該看看自己現在的表情，哈哈哈。」北野晴海起身，拍了拍褲子上的沙子，「好了，我們回去吧。」

「嗯。」紀青岑也站了起來，伸手將蘇雨菡拉起，北野晴海則彎腰幫蘇雨菡把褲子上的沙子拍去。

「對不起，青岑，我剛才……」

「雨菡。」紀青岑打斷她的話，「等到我生日那天，我也會這樣吻妳。」

蘇雨菡的臉蛋瞬間再次脹紅，北野晴海在一旁笑出了聲。

「你、你們說好的嗎？」蘇雨菡不明白。

「除了我們十六歲生日的這一天，其他時候我們其中一個人吻了妳，另一個人也要馬上吻妳；其中一個人牽了妳的手，另一個人也會牽起妳另一隻手。」北野晴海解釋著。

「為什麼只有十六歲生日的這一天不一樣？」蘇雨菡的唇上似乎還留著北野晴海吻她時的觸感。

紀青岑摸摸蘇雨菡的頭，「等妳十六歲就知道了。」

三個人再次手牽著手，一起搭上火車。

那天之後，北野晴海再也沒吻過蘇雨菡，他們彷彿又回到當初那種純純的戀愛。

可是蘇雨菡卻開始期待北野晴海的下一個吻，也期待著紀青岑會怎麼吻她。

✦

下學期開學那天，簡若荷轉學過來，座位被安排在蘇雨菡旁邊。簡若荷自然而然地與蘇雨菡搭話。她對於蘇雨菡和北野晴海、紀青岑之間的關係一無所知，也不知道兩個男生先前向眾人做出的警告，於是她和蘇雨菡成為了朋友。

在這個班上，蘇雨菡已經很久沒有朋友了。

然而毫不意外地，北野晴海與紀青岑出眾的外型吸引了簡若荷的注意。

「快點偷偷告訴我啦，北野晴海和紀青岑妳喜歡哪一個？」

幾天過去，簡若荷問了一個蘇雨菡聽過許多遍的問題，就跟高一上學期陳語雯問過的一樣。

「這不重要吧。」蘇雨菡低聲回。

她們在教室裡的對話引來周遭同學的注意，陳語雯皺起眉頭，坐在位子上喊：「喂，簡若荷，妳過來一下。」

「爲什麼？妳要找我，應該是妳過來吧。」簡若荷抓著自己的馬尾，表情很是無辜。

「妳最好給我過來，我是爲妳好！」陳語雯邊說邊四處張望，北野晴海和紀青岑剛好都不在教室，現在是提醒簡若荷的最好時機。

「什麼啊！」簡若荷抓住蘇雨菡的手，像是被陳語雯嚇到了，「她是怎樣？」

蘇雨菡皺眉，不明白陳語雯爲什麼忽然找碴，她不是已經把自己當空氣很久了嗎？

「妳不要……」蘇雨菡想幫朋友說話。

「蘇雨菡，我沒有在跟妳說話。」陳語雯迅速打斷她的話，直接站起來往外走，「跟我來，簡若荷。」

「她好可怕喔。」簡若荷雖然這麼說，還是跟了出去。

蘇雨菡原本也要跟上，卻被其他女生攔住。

「妳要跟我說什麼？」簡若荷嘟著嘴。

陳語雯瞇起眼睛看著她，「妳是轉學生所以不懂，但是不要以爲自己可以改變他們三個人的關係。」

「什麼意思呀？」簡若荷裝傻。

「妳喜歡誰放在心裡就好，別想透過蘇雨菡得到什麼，到時候吃虧的只會是妳！」

「哇……妳是蘇雨菡的好朋友嗎？居然在幫她警告我。」簡若荷完全會錯意。

「反正，妳不可能得到北野晴海和紀青岑，換個目標吧。」陳語雯視線落在簡若荷的身後，發現她們討論的當事人正往此處走過來，便草草結束這場對話，回到教室。

簡若荷眼珠一轉，她確實聽不懂陳語雯話裡的含意，單純以爲陳語雯是在幫蘇雨菡出氣，以及唱衰她得不到喜歡的人。

哼，那陳語雯可就太小看她了，她在上一間學校可是讓朋友的男朋友都喜歡上自己了呢。

她轉過頭，瞧見紀青岑走回自己的位子坐下，而北野晴海走向蘇雨菡，彎腰捏了一下她的臉頰。

「我一定會得到他們的。」簡若荷咬著手指甲，在心中暗暗發誓。

放學時，他們三個人一起走回家，北野晴海提到高二分班的事情，紀青岑也說邱淨問過他們的想法。

接著兩個男生看向蘇雨菡，等待她的回答。

「什麼意思？分班不就是分班嗎？」

「我們是在問妳要選文組還是理組。」北野晴海失笑，再次捏了她的臉頰。

「我應該會選文組吧，晴海不是理科比較好嗎？青岑所有科目都很好，選哪組都行。」她輕輕咬著下唇，「這樣我們高二就不會同班了吧。」

「如果妳想要繼續同班，我們就可以繼續同班呀。」北野晴海語調輕鬆。

「怎麼可能，理組和文組不一樣，而且高一時我們已經奇蹟似的同班了，高二再一次發生奇蹟的機率很低吧。」蘇雨菡笑了笑。

兩個男生都挑起一邊眉毛，他們知道蘇雨菡傻，但不知道她居然呆成這樣。

「奇怪，她成績不是很好嗎？」北野晴海有些疑惑。

「話不能這麼說，畢竟我們很多事沒跟她講。」紀青岑淡淡地回應。

「在這麼多事沒跟她講的情況下，她還可以和我們交往，也是滿厲害的。」北野晴海不住稱讚。

「大概是真的很喜歡我們，或是什麼都沒考慮吧。」紀青岑勾了勾嘴角。

蘇雨菡咳了聲，試圖提醒他們，「兩位，你們是不是忘記我還在這裡？」

「雨菡，妳知道青海集團吧？」

蘇雨菡點點頭，青海集團是臺灣很大的財團，時常在新聞報導中出現，無論是賑災還是捐款都不遺餘力，也是臺灣前三大企業之一。一開始該公司是投資起家，後來開拓許多經營路線，演藝圈、慈善業、教育界等都有涉獵。

蘇雨菡心中忽然閃過一個念頭，她看向北野晴海，「難不成……」

「妳不曉得青海集團是北野家族的企業嗎？」紀青岑語氣有些驚訝。

「我確實不知道……啊，青海高中好像就是青海集團創立的對吧？」蘇雨菡倒是知道這件事。

「沒錯，所以我可以決定很多不影響學校經營的事，例如我們的班級。」北野晴海補充道。

「可是如果我們文理組不同，也沒有辦法同班呀。」

「誰說我們組別不同了？妳想念理組，我們就都選理組；妳想念文組，那我們就都會是文組。」紀青岑理所當然地回話。

「你們要選你們有興趣的組別呀！」蘇雨菡瞪大眼睛。

「我們有興趣的就是妳，妳才是我們唯一要考慮的。」北野晴海答得毫不猶豫。

這番話讓蘇雨菡有些感動，也有些失落，原來她一直以為的命運，都只是人為的刻意安排啊……

「那我要念文組。」

「知道了。」北野晴海說，「哪一班好？四班還是三班？」

「還能挑班級？」

「當然，我是北野晴海耶。」

「我再想想看。」蘇雨菡笑著回答。

雖然能再和他們同班也算一件好事，可是蘇雨菡的內心深處總有個聲音告訴她這樣不好。

很快又再次來到社團活動的時間，這是蘇雨菡唯一可以與北野晴海、紀青岑在學校分開的時候。

今天她是第一個抵達社團教室的人，第二個來的則是田箴。

他看見蘇雨菡已經在裡頭先是一愣，接著幼稚地說：「連在攝影社妳也要當第一嗎？」

「你在說什麼啊？」

「我之前都是第一個到社團的耶，結果現在變第二了！」田箴把他的東西放到一旁椅子上，有些凶狠地盯著她。

「我下禮拜晚一點來教室就是了。」蘇雨菡兩手一攤，沒覺得這件事有什麼大不了的。

「我不要妳施捨的名次！」田箴推了一下眼鏡。

「蘇雨菡，妳來社團前知道方馥紘學姊嗎？」

沒想到田箴會和自己閒聊，蘇雨菡有些受寵若驚。

「不知道。」

「是喔，唉……」田箴有點失望。

「怎麼了？」

「妳不可以告訴別人，明白嗎？」

他們居然直接進展到可以共享祕密的關係了嗎？蘇雨菡頗爲開心，感覺自己被田箴視爲朋友了。

「嗯嗯！你說！」

「我一向會注意學校全年級的考試排名，方馥紘學姊上學期每次都是高三的第一名，連模擬考也是，可是現在她的排名卻直直落，我有點擔心她是不是發生什麼事了。」

一般來說，爲了讓高三生得以專心準備升學考試，校方多半會要求他們不再參與社團活動。不過青海高中校風開明，高三生可以自行決定是否繼續參與社團活動，如果不想，這兩節課就留在教室自習。

但若是參與社團的學生成績持續退步，就有可能被老師禁止參加社團。

「再這樣下去，學姊會不會不能來攝影社？」

「我就是擔心這一點，也擔心學姊是不是有什麼煩惱。」田箴滿面愁容，「我原本想說妳們都是年級第一，搞不好有什麼交集，妳會知道一些內幕之類的。」

「你想太多了，我怎麼可能知道。」蘇雨菡冷不防想到北野晴海，如果是他，他能查得出方馥紘成績下滑的原因嗎？

「唉，要是學姊真的被禁止參加社團，我會很難過耶，每個禮拜我就只有這天可以見到她……」田箴唉聲嘆氣。

「你喜歡她？」

「呃，很明顯嗎？」

「你有要隱藏嗎？」蘇雨菡反問。

「我想隱藏啊，畢竟她是高三生，也快要畢業了。女生通常不太喜歡比自己年紀小的男生吧？我能在這段時間看著她就好。」田箴態度大方，沒有遮遮掩掩的。

接著社團外傳來說話聲，田箴立刻示意蘇雨菡噤聲，隨後低頭假裝在滑手機。

「哇，你們兩個已經到了啊！」阿胖學長和幾名社員一同走進教室。

蘇雨菡驀地想起上禮拜田箴來找她要方馥紘的照片時，北野晴海對紀青岑說了句「不需要擔心」，看樣子北野晴海的確是神通廣大，連田箴喜歡誰都查出來了。

再過了一會，社團成員陸續抵達，方馥絃拿著一疊照片問大家喜不喜歡這種風格。原本眾人以為這是今天的拍攝主題，結果她是來邀請大家一同去看這位攝影師的展覽。

第一個答應的是田箴，這可是在假日和方馥絃見面的好機會，他當然不可能錯過，最後大多數的人也都同意了。

蘇雨菡先傳了訊息到她和北野晴海、紀青岑的三人群組，詢問她是否可以和攝影社的成員去看展覽。

北野晴海簡短回覆，「可以。」

反正他已經把攝影社的成員都調查得很清楚，沒什麼好擔心的。

蘇雨菡想了一下，輸入訊息：「你知道田箴喜歡的人是誰嗎？」

「知道。」果不其然北野晴海如此回應。

「那你知道方馥絃學姊成績退步的原因嗎？」

「大概知道，妳想了解詳情的話我可以去確認。」

這是蘇雨菡第一次實際感受到什麼事都瞞不過北野晴海，「那就拜託你確認了。」

她傳的這幾則訊息，已讀數一直都是二，但紀青岑始終沒有回應，或許是因為這個話題只有北野晴海有辦法回話，所以蘇雨菡接著打字。

「社團裡的田箴對第一名有執念，但他不知道是青岑讓賢的關係，我才有辦法在上學期拿到第一。」

「那是妳自己努力的成果。」紀青岑回覆。

雖然他們並沒有要求她要這麼做，但蘇雨菡總認爲必須同時顧及兩個人才行，因爲她是他們的女朋友，她必須確保自己對他們付出的愛是一樣的。

「雨菡，妳可以嗎？」潘呈娜不知道什麼時候來到社團教室了，她彎腰看著蘇雨菡，「妳很專心在用手機喔！」

「抱歉，學姊，我在和朋友確認時間。」蘇雨菡趕緊關掉手機螢幕，傻笑著回答，「我也可以喔。」

「太棒了，那時間就訂在這個禮拜六吧，我們大家一起去！」潘呈娜笑容燦爛地跑過去勾住方馥紘的手，對方卻把她的手撥開。

「眞小氣。」潘呈娜彷彿習慣了方馥紘的冷淡，她聳了聳肩，繼續統計當天前去看展的人數。

方馥紘則握緊剛才被潘呈娜碰觸過的地方，微微顫抖。

「學姊，妳身體不舒服嗎？」田箴見狀，連忙上前關心。

潘呈娜也立刻走到方馥紘身邊，「怎麼了嗎？」

「沒什麼，我沒事。」方馥紘推開潘呈娜，找了張椅子坐下。

田箴趕緊拿起放在櫃子裡的礦泉水遞過去，滿臉擔憂。

蘇雨菡默默站在一旁觀察。田箴剛才不是說要隱藏自己的心意嗎？他現在的舉動很難瞞過別人吧？潘呈娜和幾位學長姊似乎都注意到了，大概只有方馥紘本人沒察覺到。

不過今天方馥紘確實有些不對勁，尤其是她對待潘呈娜的態度，難道她和潘呈娜吵架了嗎？蘇雨菡總感覺方馥紘有意無意地避開潘呈娜。

「今天就來聊聊手機拍照的一些手法吧，拜科技進步所賜，現在用手機也能拍出很棒的照片，甚至還有以手機攝影爲主的比賽。今天我要介紹一款很好用的付費軟體……」潘呈娜邊說邊把自己的手機畫面連接到投影螢幕上。

潘呈娜的手機桌布是她和方馥紘穿著便服在海邊的合照。

砰！

潘呈娜拿在手上的手機忽然被方馥紘一把拍落，掉在地上。

方馥紘瞪大眼睛，神情激動，厲聲道：「關掉！」

「妳做什麼？妳這樣拍掉手機，也不會中斷連接……」

「我叫妳關掉！」方馥紘大吼，所有人都嚇到了。

潘呈娜沉著一張臉，彎腰撿起螢幕破裂的手機，在畫面上按了幾下後中斷連接。

她起抬頭，面無表情凝視著方馥紘，像是在問她滿意了嗎？

方馥紘注意到眾人的視線，驀地覺得呼吸困難，隱隱浮現的羞愧感讓她待不下去，而後轉身往教室外頭跑。

「學姊！」

田箴想要追過去，潘呈娜卻攔下他。

她扯了扯嘴角，露出難看的微笑：「抱歉，各位，我們最近有點爭執，你們今天就先去拍拍照，或是看一下剛才馥紘帶來的照片。我去找她談談，等等就會回來。」

「知道了，學姊。」蘇雨菡立刻接話，並接替潘呈娜攔著田箴。

「謝謝。」潘呈娜感激地望向蘇雨菡，拿起包包跑了出去。

「妳爲什麼要攔住我？」田箴抗議。

「你不了解狀況去幹麼？」

「大家不是都說女生難過的時候要陪在她身邊嗎？」田箴一臉無辜。

「你從哪邊聽來的？在這種情況下，要是不熟的異性待在身邊才尷尬呢。」蘇雨菡振振有詞道。

「什麼啊，田箴你喜歡學姊喔？」小胖學長插話。

果然，有不少社員都看穿了田箴的心思，田箴緊張地想要解釋些什麼，到頭來卻徒勞無功。

不過社員們沒有多在意剛才發生的事，也不明白爲什麼方馥紘會有那樣的舉動，有些人埋頭欣賞方馥紘帶來的照片；有些人上網查詢那位攝影師的相關資料；有些人則出去外面拍照。

此時，蘇雨菡收到了北野晴海的訊息，她很驚訝他竟能調查得那麼快速。

「她們有公開嗎？」

「當然沒有。」北野晴海回覆。

「那這就是祕密喔，不可以說出去。」

「當然，我不會隨便對外洩漏情報。」

「雨菡怎麼忽然開始關心學姊了？」紀青岑參與話題。

「因爲她剛才在社團教室當眾發脾氣，所以我有朝那方面思考。」

「雨菡的觀察力越來越厲害囉。」北野晴海打趣她。

眼見第一堂社團課即將結束，方馥紘和潘呈娜尚未回來，蘇雨菡便打算藉著出去拍照的名義去找她們。

只不過蘇雨菡走遍校園也沒見到她們，最後她抱著一絲希望往停車場走去，果眞看見兩人面對面站在那裡。她沒有上前，而是縮在一面牆後默默觀察情況。

「我不懂妳爲什麼要一直逼我。」方馥紘背對著蘇雨菡，話聲已經隱隱帶著哭腔。

「我哪裡逼妳了？我不是說過會尊重妳的決定、依照妳的步調嗎？」

「那妳在社團公開我們的合照是怎麼一回事？一開始我就說不要把這張照片設成桌布了，妳當初還說我們生活圈不同沒關係，可是現在呢？」

「女生把自己和好朋友的合照設爲桌布很正常吧？妳反應那麼大才更令人懷疑不是嗎？」

「不要把錯推到我身上，我和妳不一樣。那個時候妳明明說會體諒我……爲什麼現在一直逼我？」

「妳又來了，又開始跳針。我一直都很尊重妳啊，我也根本沒有逼妳，我只是……」

「我不想聽。」方馥紘逕自轉過身，不理會潘呈娜的叫喚，從停車場的另一邊出口離開。

蘇雨菡見狀趕緊躲好，以免被潘呈娜看見。

潘呈娜嘆了一口很大的氣，頹喪地坐在自己的機車上，蘇雨菡想找機會溜走，卻聽潘呈娜開口道：「別躲了，我剛才就發現妳了。」

咦？她說的是我嗎？蘇雨菡屏氣凝神，不敢輕舉妄動。

「雨菡，出來吧。」潘呈娜再度開口。

蘇雨菡暗罵自己笨，連偷聽都做不好，然後有些尷尬地走了出去，只見潘呈娜對她扯出一個勉強的微笑。

「聽到多少？」

「沒有多少。」

「老實說吧。」

「呃……從『爲什麼要一直逼我』那裡。」

「不要說出去。」

倘若只是聽到那段話，她不會聯想太多，可北野晴海方才才告訴她——方馥紘和潘呈娜在交往。

蘇雨菡點點頭，「我不會說的，也不會告訴馥紘學姊我知道這件事。」

「爲了感謝妳幫我保守祕密，日後我也會無條件爲妳保守祕密。」

「那個……我能問幾個問題嗎？」

「不行。」

「我會保密的，但是爲什麼？」

「什麼爲什麼？」潘呈娜挑眉。

「爲什麼不公開呢？現在同性都可以結婚了。」蘇雨菡不解，同性戀並不算是禁忌，不是嗎？

「雖然現在社會開明許多，但如果妳的家庭不接受，社會再開明有什麼用呢？」

潘呈娜無奈地扯了扯嘴角，「有些人可以做自己，有些人不行，我願意尊重不想公開的人。」

「就算家人反對，難道不是自己和對方的感受最重要嗎？爲什麼不去抗爭呢？這不就表示她沒有很看重這段感情嗎？」

「話不是這樣說，妳不能因爲對方做不到妳的期望，就覺得她不重視這段感情！」

「可是妳受傷了啊。」

潘呈娜一愣，態度倒也坦然，「是呀，她不願意對外承認，我的確很受傷……假設我們立場交換呢？雨菡妳會怎麼辦？」

蘇雨菡心想，如果北野晴海和紀青岑對外都不承認自己，她應該會很難過，可是她還是會跟他們繼續交往。因爲他們對她很好，她能感受得到，他們是愛著自己的。

這麼說來，北野晴海與紀青岑從來沒表示過不願意承認他們之間的關係，一直以來都是蘇雨菡不想公開。

畢竟她很清楚，一旦公開，眾人會有什麼反應。

「我也有很煩惱的事。」蘇雨菡話鋒一轉。

「比我的煩惱更難解決嗎？」潘呈娜問。

「嗯，很難解決，我甚至難以說出口。」蘇雨菡微微一笑，「學姊，我們要回社團教室了嗎？」

「回去感覺會很尷尬，但不回去也不好。不如這樣吧，就說我們兩個在外面拍照，進行一對一的攝影指導？」潘呈娜提議，順帶拿出螢幕碎裂的手機，忍不住嘆氣，「只不過是一張桌布啊……」

蘇雨菡也拿出自己的手機，將桌布展示給潘呈娜看。

那是一張三人穿著便服站在遊樂園大門前的合照，畫面上北野晴海站在左邊，紀青岑站在右邊，蘇雨菡站在中間，與他們兩個手牽著手。

潘呈娜瞥了一眼，「帥哥呀。」

「妳覺得我們看起來是什麼關係？」

「青梅竹馬？」

「不是。」蘇雨菡關掉螢幕，將手機放回口袋。

「看起來有愛意在其中蔓延。」

「那妳覺得是誰愛著誰？」

潘呈娜望著蘇雨菡，朝她伸手，表明再讓她看一次照片。

於是蘇雨菡拿出手機並解鎖螢幕交給她，潘呈娜定睛一看，這次才注意到三個人交握的手。

「感覺他們很喜歡妳。」潘呈娜把手機還給她，「妳也喜歡他們吧？」

「嗯。」

「那就喜歡吧。」

「咦？這樣是可以的嗎？」

「在釐清自己的情感之前，只能先這樣啦。」潘呈娜伸了個懶腰，「總有一天妳會選出一個的。」

一定要選出一個嗎……

「有時候就是會同時對兩個人產生好感，但隨著時間流逝，一定會變得比較喜歡其中一個，在那天到來之前，暫時喜歡兩個人應該沒有關係吧？」潘呈娜隨口說。

「若我一直選不出來呢？」蘇雨菡小心翼翼開口。

「不會啦，最後一定選得出來的。多和他們相處、接觸，肯定有個人和妳的興趣比較契合、比較得妳的心。」潘呈娜拍拍蘇雨菡的肩膀，「但在此之前，要小心處理和他們的關係喔。」

「什麼意思？」

「就是別腳踏兩條船啦。」潘呈娜跳下機車，擺了擺手，「走吧，我們差不多該離開了。」

蘇雨菡抿唇不語，或許有那麼一天，她眞的可以做出選擇吧。

「嗯，走吧。」

等到兩人都離開了停車場後，一個女孩從角落探出頭來，她把玩著自己的馬尾尾端。

「哇——目擊到不得了的場面呢。」簡若荷暗自竊笑，雖然她不認識那個學姊，對她的戀愛故事也不感興趣，不過蘇雨菡的祕密可就不一樣了，她一下子生出了一些壞念頭。

簡若荷從口袋拿出香菸，點燃之後深吸一口，自言自語道：「蘇雨菡想同時獨占兩個好男人實在太過分了。」

在前一個學校她可是校園內最受歡迎的女生，大多數的男孩子都喜歡她，將她捧上了天，只要她皺個眉頭就會有人遭殃，裝個可愛就能得到想要的東西，簡直可以說是呼風喚雨。

這樣的她，怎麼到了青海高中就失去了影響力呢？

班上那兩個超優質的男生都圍著一個超普通的女生打轉，這讓簡若荷心裡非常不是滋味。所以她決定先接近蘇雨菡，和她打好關係後，再觀察那兩人哪個比較好攻略。

畢竟不管是和北野晴海還是紀青岑交往，都很值得拿出去炫耀。

然而他們卻不如她想像中的好搞定，不僅完全不理會她，還總是無視她。簡若荷覺得鐵定是蘇雨菡表面裝友善，私下卻在他們面前說自己的壞話，不然她長得這麼可愛，沒道理他們不會淪陷啊。

簡若荷手上一用力，掐斷了菸，她不允許自己遭到這種對待，她會好好利用方才聽來的情報，設法讓蘇雨菡再無立足之地。

而被北野晴海和紀青岑簇擁的位置，就交給她吧！

第四章

「潘呈娜創立了攝影社，高一的方馥紘加入以後，兩個人因爲興趣相投，很快變成好朋友，後來開始交往。就我所知，方馥紘以前沒和其他人交往過，但是潘呈娜和男生交往過，所以很有可能兩人都是雙性戀。」北野晴海簡單扼要地說明她們的過去。

「潘呈娜學姊都已經畢業兩年了，你是怎麼查到的？」

「有心就查得到啊。」北野晴海眨眼。

「妳別聽他亂說，是有關係就查得到。」紀青岑挖了一勺冰淇淋送到蘇雨菡的嘴邊。

「所以說啊，要是方馥紘太過在意旁人眼光而變得像驚弓之鳥的話，她會很累，說不定最後還會選擇比較輕鬆的路，轉而答應田箴的告白喔。」北野晴海吃了口自己的香草冰。

他們三個人來到北野晴海的家中寫作業，儘管不是第一次來，不過每次到他家，蘇雨菡都覺得大開眼界。

北野晴海的家離學校不遠，爲獨棟的三層住宅，最外圍有三公尺高的圍牆以及監視器保護住戶的隱私。進入前門後首先映入眼簾的是偌大的庭院及一座觀賞用的鯉魚池，接著是一棟白色的建築物，對開大門採實木製成，看起來氣派又古典。

如此大的宅子無論何時看都很震撼，蘇雨菡來過幾次，從沒見過北野晴海的父母，每次都只有幫傭在家替他們準備點心與茶水。

北野晴海曾經簡單地解釋，說他都是挑爸媽不在時才找他們來，而紀青岑和蘇雨菡對此都沒有多問。

這一次同樣也是趁著北野晴海的父母外出，他們才又來到他家寫作業。三個人的成績都不錯，很快就寫完功課，接著便一邊聊天，一邊品嘗北野晴海家獨有的高級蛋糕。

「你有好多公仔和漫畫……《惡魔勇者兵團》眞的有那麼好看嗎？」蘇雨菡看著一旁的收藏櫃，隨口問。

「超級好看！這個故事在講有天惡魔和勇者交換了靈魂，他們只好各自前往對方的世界生活，結果……」北野晴海興奮得像個孩子，充滿熱忱地開始解說起這部動漫的故事大意，身爲忠實狂粉的他，劇情幾乎已經稱得上滾瓜爛熟了。

「妳打開了他的話匣子。」紀青岑搖頭苦笑。

蘇雨菡有些後悔開啓這個話題，北野晴海以前也推坑過他們好幾次，可是他們就是沒有興趣。

等到時間差不多，蘇雨菡和紀青岑準備離開。

蘇雨菡首先走出書房，卻瞧見一名穿著昂貴套裝的女人正站在走廊上卸下手錶，她的眼神既犀利又冷漠。

「晴海的女朋友？」見到蘇雨菡，女人面上有些驚訝。

蘇雨菡立刻站好，直覺告訴她，這位是北野晴海的母親。

「您好，我叫做蘇雨菡，打擾了。」她趕緊向女人鞠躬。

原本還在書房整理東西的北野晴海與紀青岑，聽見門外的動靜都是一愣，接著北野晴海主動跑了出來。

「媽。」他頗為慌張，心想爸媽怎麼比預定時間早一小時回來？

北野秀蓉瞥了一眼北野晴海，把手錶放在旁邊矮櫃上的置物盤中，「我看到玄關還有另一雙鞋子。」

她這番話無疑是說給還待在書房裡的紀青岑聽。

紀青岑咬住下唇，背好背包，從房間裡走了出來。

「您好。」他恭敬地朝北野秀蓉頷首。

「嗯。」北野秀蓉輕輕應了一聲。

而後另一個腳步聲冷不防傳來，蘇雨菡可以感覺到北野晴海和紀青岑都繃緊了神經。

「這麼難得大家都在家。」

一名穿著西裝的男人從轉角出現，蘇雨菡在電視上看過男人幾次，他是青海集團目前的董事長，也就是北野晴海的父親。

北野天仁滿頭灰白，神態莊嚴，身姿筆挺，光是站在那裡就存在感十足，和北野晴海如出一轍。

北野天仁望著他們幾個，「青岑，常過來吧。」

「是。」紀青岑的嗓音似乎帶著一絲緊張。

「老公，那是晴海的女朋友。」北野秀蓉的手指向蘇雨菡。

「喔？是嗎？」北野天仁的視線轉到蘇雨菡的身上。

蘇雨菡一怔，她該如何回答？總不可能說自己是他們兩個人的女朋友吧……但也不能說自己是晴海的女朋友，這樣紀青岑聽到後會怎麼想？

還是乾脆直接否認呢？這樣好像還比較好。

打定注意後，蘇雨菡開口：「那個……」

「對。」紀青岑搶過她的話回答，「她是晴海的女朋友。」

蘇雨菡和北野晴海有些訝異地看著他。

北野秀蓉勾起一抹微笑，「蘇雨菡，下次再一個人來我們家玩吧，你們兩個也該好好單獨約會。」

聞言，紀青岑默默地握緊雙拳。

「我送他們離開。」

語畢，北野晴海拉起蘇雨菡的手往門口走，紀青岑向北野夫妻點頭示意後也跟了上去。

三個人走出北野晴海家的大門，一直來到附近的公園後才稍稍放鬆。

「你爸媽給人的壓迫感好重。」蘇雨菡心有餘悸地拍拍胸口，不難理解為何北野晴海也極具氣勢，果然是遺傳。

「妳現在知道平常我在家有多難呼吸了吧。」北野晴海這句話聽不出是說真的，還是單純在自嘲。

紀青岑的臉色不太好，北野晴海拍拍他的肩膀，沒多說什麼。

「青岑，原來晴海的爸媽也認識你呀。」

「對。」他簡短回應。

「你還好嗎？要不要坐一下？」蘇雨菡關切地問。

「不用了，我想我還是先回去好了。」

「那個……」蘇雨菡喊住他，「為什麼你剛才要那樣說？」

紀青岑停下腳步，彷彿正在思考，接著他嘆了口氣，「不然要說我們三個正在交往嗎？」

「也不是……或許我們可以選擇沉默，不要好像……好像把你摒除在外一樣。」蘇雨菡囁嚅著。

紀青岑垂下眼睛，聲音輕得幾乎聽不見，「一直以來，我不就是被摒除在外的那一個嗎？」

「紀青岑。」北野晴海出聲，語氣有些嚴厲，「你知道我禁止你說這種話。」

「事實難道不是如此？」紀青岑毫不退縮地迎向北野晴海的目光，兩個人之間的紛爭一觸即發。

「不要吵架，是我不好，我不該問這個問題。」蘇雨菡連忙擋在他們中間，試圖阻止衝突發生。

「紀青岑，你從來都不是多餘的人。」北野晴海用食指指著他，「別再讓我聽到那句話。」

「知道了。」紀青岑妥協。

蘇雨菡握住紀青岑的手，上前擁抱他，她能感覺紀青岑正隱隱顫抖著，猶如受了委屈的孩子。

這個舉動令紀青岑身體一僵，隨即舉起雙手回應蘇雨菡的擁抱。

北野晴海手插進褲子口袋，旁觀兩人相擁的身影，臉上露出無奈的神情。

「只限今天喔。」他說。

✦

下學期第一次期中考成績公布，年級第一名是田箴，他高興地特意跑來蘇雨菡的班上向她炫耀，這讓班上其他同學相當意外。北野晴海和紀青岑把蘇雨菡看得那麼緊，導致她連同性朋友都少得可憐，更何況田箴還是個男生……北野晴海和紀青岑不會找田箴麻煩嗎？

結果令眾人跌破眼鏡的是，北野晴海和紀青岑都各自坐在自己的位子上，一個滑手機、一個看書，絲毫不在乎田箴的來訪。

這一幕被簡若荷看在眼裡，她想著或許可以利用田箴來挑撥蘇雨菡與北野晴海、紀青岑之間的關係。

「晚點我們攝影社見。」田箴臉上掛著無法掩飾的燦爛笑容，興奮地回到他的教室。

一次考試成績居然能讓田箴開心成這樣，蘇雨菡不禁有點羨慕。

蘇雨菡轉身走回教室，簡若荷馬上抓住她的手臂，故意大聲嚷嚷：「雨菡！那個人是誰？好像跟妳很熟，你們之間的氣氛很不錯耶！」

簡若荷的目的當然是讓全班聽見，包括北野晴海和紀青岑。

「妳幹麼那麼大聲啦。」蘇雨菡推了她一下。

簡若荷連忙裝作自己不是故意的，勾起蘇雨菡的手，歉然道：「抱歉，我方才沒想那麼多。他是誰啊？我怎麼從來沒看過？」

儘管簡若荷恢復正常音量，但其他人只要站得離她們近一些，還是能聽到她在說什麼。

「他是我社團的朋友。」是自己想太多嗎？蘇雨菡總感覺簡若荷正拉著自己往北野晴海那邊走。

「哇，那你們剛剛在聊什麼？他好像很開心耶，還特意跑過來找妳。」簡若荷繼續說著。

蘇雨菡忍不住皺眉，這時簡若荷已經拉著蘇雨菡來到北野晴海的座位旁邊。

「我說妳……」北野晴海開口。

「晴海，你昨天說的那個遊戲是什麼？」紀青岑阻斷北野晴海原本要說的話，順帶用眼神示意讓他緩緩。

北野晴海聳肩，壓下怒火，繼續低頭滑手機。

「他考了年級第一名，所以過來……」

「所以他特地來班上跟妳分享喜悅呀！開心的事情總是想跟最重要的人分享，晴海、青岑，你們說對不對？」簡若荷不忘點名兩人。

北野晴海正要發火，就收到紀青岑的訊息。

「忍住，看她想幹麼。」

馬的，北野晴海在心裡暗罵。

「應該是來炫耀的吧？畢竟上學期都由雨菡包辦年級第一。」紀青岑笑著回應簡若荷。

「眞的假的？雨菡妳之前是年級第一？」簡若荷無比驚訝地看著蘇雨菡，身爲轉學生的她不曉得蘇雨菡的成績一直都這麼好。

「喔，那只是我運氣好啦。之前田箴說過想超越我，今天才會跑來找我說這件事吧。」蘇雨菡傻笑。

「原來是這樣，這種亦敵亦友的關係也算是一種歡喜冤家吧！」簡若荷不屈不饒的毅力也是一等一。「你們還是同社團的啊？是說好的嗎？」

「不是，我們是在社團活動上認識的。」蘇雨菡開始察覺到不對勁，爲什麼簡若荷不斷把話題帶到田箴上呢？

「好巧喔，就像是命中注定一樣。年級第一和年級第二，還加入同一個社團，妳和田箴眞的很有緣耶。」

「還好吧……」蘇雨菡的笑容逐漸僵住。

簡若荷也不是笨蛋，懂得該在什麼時候適可而止，反正她的目的達到了，懷疑的種子已經在那兩個男生的心裡種下了吧。

「對了，說到社團，攝影社也會舉辦成果發表嗎？」簡若荷故作若無其事地換了個話題。

「會啊，主要是展示社員拍的照片。」蘇雨菡拿出手機，想讓簡若荷看看她拍的照片。

簡若荷立刻注意到螢幕上三個人牽手合照的桌布，笑著說：「你們感情好好喔，就像兄弟姊妹一樣。」

這句話聽在北野晴海和紀青岑的耳裡無比刺耳，但兩人都沒有作聲，北野晴海雙手在桌面下緊握成拳，紀青岑則是翻了一頁小說，表情毫無波瀾。他們都很清楚，這時候他們越是有反應，就正中簡若荷的下懷。

然而蘇雨菡不明白其中的彎彎繞繞，只覺得今天難得兩個人都沒有插話。

爲此她還有一點點失落。

下午的社團時間，蘇雨菡第二個抵達社團教室。

田箴一臉得意地雙手叉腰：「不光是期中考被我搶走第一名，連社團我也是第一個到！」

見蘇雨菡沒有太大反應，田箴咳了聲，「不是吧，這對妳打擊這麼大喔？」

「什麼？不是啦，我才不在乎排名。」

「那妳爲什麼無精打采？」

「你不是喜歡馥紘學姊嗎？你想向她告白嗎？」

「妳忽然說這個幹麼！」田箴馬上跳起來東張西望，「就不怕有人進來聽到喔！」

「除了馥紘學姊，其他人應該都知道了吧，而且你不是沒有要隱瞞的意思嗎？」蘇雨菡一臉理所當然的表情。不過……潘呈娜知道嗎？

「唉，但我又沒有打算向學姊告白，現在這樣我就很滿足了。」田箴幽幽嘆了口氣，「以現實層面分析，學姊快畢業了，我才高二，就算在一起，女大男小的組合很難長久維持吧，況且學姊升上大學後還會認識其他人，同時面臨許多新的誘惑。」

「所以你認爲，只要你告白，學姊就會答應跟你交往，而你不打算告白的原因只是因爲戀情無法持久？」蘇雨菡很佩服田箴的自信。

「當然不是這樣！學姊一定不會接受我，感覺她有喜歡的人了。」田箴兩手一攤，「既然明知會被拒絕，就不需要告白！」

蘇雨菡覺得要更正一下自己對田箴的的評價，其實他的觀察力挺好的。

「是這樣喔。」

「妳幹麼問這個？」

「假設……只是假設，」這次換蘇雨菡注意門外的動靜，「如果學姊已經有男朋友了，但她還是願意跟你交往，你願意嗎？」

「什麼？要我當小王！？」田箴大叫。

「不是啦，不是那樣，是她男友知道你的存在，且同意你們三個人一起約會，你要嗎？」

「嗯！不要！太怪了吧！」田箴誇張地搓著手臂上不存在的雞皮疙瘩，「倘若學姊這麼跟我說，我應該立刻就會變得不喜歡她了吧！」

「爲什麼？」

「我的道德觀不允許啊！」

「這表示你對學姊的愛也沒有很深。」

「不是愛得深就可以無條件接受任何事吧。」田箴反應很激烈。

「三個人一起交往眞的很奇怪嗎？」

「當然很奇怪。妳最近看了什麼韓劇還是小說嗎？」田箴忽然摀住嘴，驚駭地看著蘇雨菡，「難道妳就是因爲沉迷於小說才會考試考差嗎？」

蘇雨菡聳聳肩，深深覺得田箴是個單純的孩子。

「你們兩個聊得很開心嘛，外面都能聽到你們說話的聲音。」潘呈娜提著一大袋東西走進來，方馥紘跟在後頭。

看樣子她們和好了，蘇雨菡暗暗想著。

阿胖學長和其他社員陸續抵達，大家手上也都提著袋子。潘呈娜一聲令下，要眾人把袋子裡的東西全部拿出來放到桌子上，有化妝品、保養品等瓶瓶罐罐，也有書本、乾燥花和各色布料。

「顧問，妳要我們提前準備這些幹麼呀？」其中一位社員問。

「我們今天來練習拍攝商品宣傳照吧。」方馥紘把隨身碟插入投影機，播放她事先準備好的範例照片，有官方釋出的由專業攝影師拍攝的照片，也有網紅自行拍攝的照片。

「想像自己如果接到美妝產品的業配，要如何配合產品特性拍出好看的照片，同時宣揚產品特色，這就是今天的主題。」潘呈娜補充解釋，並秀出自己的作品，她選擇的產品是香水和指甲彩繪。

蘇雨菡注意到潘呈娜的手機桌布已經換了，換成她和一群大學同學的合照。

「好啊，沒問題！這次第一名有什麼獎品嗎？」田箴好勝心被激起。

「大家的掌聲。」潘呈娜挑眉。

「沒關係，我爲榮譽而戰。」田箴說完立刻低頭挑選桌上的產品。

蘇雨菡最後選了防曬乳液，其間她注意到潘呈娜和方馥紘明明站得很近，卻完全沒有對話。

奇怪，她們一起過來社團教室，應該已經和好了吧？怎麼感覺兩人之間的氣氛依然怪怪的？

「啊，馥紘學姊，妳可以幫我看一下陳設？」一位二年級學姊舉手。

聞言，方馥紘走向她的桌邊。

蘇雨菡趁機移動到潘呈娜身旁，低聲問道：「妳們還沒和好？」

潘呈娜做了一個鬼臉，也不知道那代表什麼意思。

「先拍照吧，妳打算怎麼拍？」潘呈娜轉移話題。

「我會在防曬乳液下面鋪幾張橘色和藍色的色紙，接著在打光機前放一個透明寶特瓶。光線經過瓶身折射後落在拍攝物上，可以製造類似水波紋的效果，這樣照片就能讓呈現出夏日的清涼感。」蘇雨菡邊說邊動手布置拍攝場景。

「妳很厲害呀，該不會平時有在接業配吧？」潘呈娜稱讚。

「怎麼可能。」蘇雨菡失笑。

見到潘呈娜和蘇雨菡有說有笑，方馥紘心裡很不是滋味，然而她沒有立場去干涉。

她從沒想過談戀愛會這麼辛苦，在遇到潘呈娜前，她甚至不知道自己喜歡女生。

儘管她沒有喜歡過男生，但她本來以為那只是因為還沒遇到那個讓她心動的男生而已。

第一次見到潘呈娜，她的心跳便情不自禁加速，視線無法從潘呈娜身上移開。

當時，潘呈娜站在講臺上，對著臺下的新生說：「攝影社是我一手創辦的，不過我已經高三了，很快就要畢業，到時候說不定攝影社就會荒廢了，哈哈。如果眞是那樣也沒辦法，以後的事以後再說吧。我很喜歡拍照，就讓我們藉由鏡頭來認識彼此吧！」

那一天潘呈娜要求所有人，拿著自己的手機與她合拍一張。

方馥紘手指打顫，試了好幾次才將手機架在手機架上，然後和潘呈娜一起對著鏡頭露出微笑……

對她而言，那張照片意義非凡，她一直把照片收藏在她手機相簿的隱藏資料夾中。因為在拍下照片的那一天，她第一次對一個人一見鍾情，而她同時也爲此感到痛苦與絕望。

她沒有想到自己居然是同性戀。

方馥紘很清楚自己的父母有多麼保守，他們絕對無法接受女兒是同性戀，況且她也沒有勇氣向父母坦白自己的性向，更遑論試圖改變他們的想法。

可是，潘呈娜卻主動牽起了她的手。

方馥紘不確定同類之間是否會有心電感應，還是自己隱藏得不夠好？

「妳是不是也喜歡我呢？」潘呈娜在畢業前夕這麼問她。

方馥紘流著淚用力點頭，但又馬上搖頭。

她很高興自己的暗戀可以得到回應，原來潘呈娜也喜歡女生，原來潘呈娜也喜歡她。

同時她也很害怕，她沒有足夠的勇氣承認自己喜歡女生。

潘呈娜花了很多時間告訴方馥紘，這並不奇怪，她們沒有傷害任何人，只是彼此喜歡罷了。

方馥紘也花了很多時間戰勝內心的恐懼，最後她終於答應和潘呈娜交往。只是她依舊躲在深深的櫃子之中，就連和潘呈娜在人前的互動都因此變得彆扭。

當她和潘呈娜手勾著手走在路上，別人會不會看出她們其實是在交往？她們給予彼此的笑容，會不會被人察覺其中有愛意滋長？

那段時間方馥紘宛如驚弓之鳥，做什麼事都小心翼翼，直到潘呈娜畢業，她們轉爲遠距離戀愛，才讓方馥紘暫時鬆了口氣。

她不用再擔心是否會被學校的人發現了，可是另一種擔憂很快地隨之而來……升上大學的潘呈娜進入另一個新世界，認識了許多新朋友。

潘呈娜和男生交往過，也和女生交往過，她認識的每個人都有可能成爲她的戀愛對象。

潘呈娜會不會覺得跟自己交往很麻煩？如果她和其他能大方承認自己性向的人交

往，應該會輕鬆許多吧？方馥紘忍不住這麼想，所以當她見不到潘呈娜時，常常忍不住鬧脾氣，但當潘呈娜出現在她面前時，她又會開始擔心別人的目光，轉而推開潘呈娜。

最後潘呈娜決定回攝影社當顧問，作為兩人得以光明正大相見的理由，也讓方馥紘安心一點。

這場戀愛，兩個人都談得很累。

方馥紘嘆氣，她實在沒有把握這段戀情能持續多久，畢竟在交往的這段日子中，她們痛苦的時間比快樂還要多。

「學姊，妳怎麼了嗎？」一旁接受指導的學妹問道。

「沒什麼，我覺得這樣就可以拍照了。」方馥紘趕緊收回原先落在潘呈娜身上的視線，裝作若無其事。

所有社員都上繳完成的作品後，這一次方馥紘換另一種方式進行投票，她把大家的作品全都上傳至攝影社的IG，以兩天為限，獲得最多讚數者為第一名。

「這次又沒有獎品，會不會太費工夫了。」抱怨王田箴開口。

「你不是要為了榮譽而戰嗎？」蘇雨菡調侃他。

「對喔，差點忘記。」田箴推了下眼鏡。

「不然這樣好不好？」蘇雨菡湊到他旁邊，壓低聲音說，「如果我拿到第一名，你就去向馥紘學姊告白。」

「我沒打算告白啊。」田箴一邊用氣音回應，一邊緊張地東張西望，深怕被其他人聽見。

「這樣才是賭注啊。」

「賭這麼大？那妳要用什麼來對賭？」

「請你吃一頓飯？」蘇雨菡聳肩。

「那也不公平了！」田箴不以為然，隨後像是忽然想到什麼，重重拍了下手，「我知道了，如果我拿下第一名，妳空出一個週末陪我。」

蘇雨菡沒料到田箴會如此提議，「你要做什麼？」

「學姊的生日是十一月，我想買禮物送她，可是我一個人送很奇怪，所以想用我們兩個的名義合送，學姊才不會有壓力，不過實際上錢還是由我來出。」田箴說得耳根泛紅，真不知道要說他單純還是善良，傻得有夠可愛。

蘇雨菡和田箴都心知肚明，方馥紘一定會拒絕田箴的告白。原本蘇雨菡只是想讓田箴至少把心意說出口，不留下遺憾，當初她國中畢業時會選擇告白也是基於同樣的原因。

「嗯，好，我答應你。」就算輸了，也只不過是陪田箴去買禮物，蘇雨菡覺得自己沒有什麼損失，況且只要請北野晴海號召一些人投票給她，她就贏定了。

「好！我一定不會輸的。」田箴自信滿滿，隨後冷不防說：「啊，蘇雨菡，妳和北野晴海關係很好吧？還有那個榜首考進來，後來不知道爲什麼年級排名都只落在第三名的紀青岑。」

蘇雨菡一愣，田箴明明看起來對八卦不感興趣，而且他的班級也離他們很遠，爲什麼會知道這些？

「你怎麼突然問這個？」

「我早上不是去找妳嗎？之後有個女的跑來找我，她跟我說，如果想要追妳，得小心北野晴海和紀青岑，最後她還幫我加油。奇怪，我看起來像是要追妳嗎？」

「那個女的叫什麼名字？」蘇雨菡的心往下沉。

「我沒有問她名字，她綁著雙馬尾，感覺很喜歡裝可愛。」

聞言，蘇雨菡更確定了那個女生就是簡若荷。

她很不解，簡若荷對著她胡說八道就算了，居然還跟田箴說這種話？而且她明明解釋過田箴只是社團同學，爲什麼簡若荷還要這麼做？

「嗯，我確實和他們兩個很要好。」蘇雨菡簡單回答，「她還有說別的嗎？」

「她叫我多去找妳玩……我覺得她超怪的，但我怕她是妳朋友，就沒說什麼。」田箴聳肩。

「如果還有下次，你可以不要理她，她大概就會明白是自己誤會了。」蘇雨菡苦笑，或許簡若荷眞的只是湊熱鬧心態，畢竟自己從來沒和對方說過她正在與北野晴海和紀青岑交往。

倘若她說了，一定會被簡若荷用異樣眼光看待，他們三人這樣的關係，是世俗社會所不容的吧。

「不過我剛才提到北野晴海他們，主要是想跟妳說……」田箴推了推眼鏡，接著用食指指著她，正色道：「妳不可以動用他們的力量幫作品按讚！那樣是作弊，知道吧？」

嚇！沒想到她的算盤被識破了。

蘇雨菡只得訕訕地答應。

爲了遵守承諾，照片上傳後，蘇雨菡並沒有通知北野晴海和紀青岑。

在成績公布前，她每隔幾分鐘就去IG查看一遍票數。田箴要她不能找人幫忙，結果自己卻動員了全班同學，使得他照片的讚數硬生生比其他人多了三倍以上。

儘管覺得有點不公平，但是既然賭約已經訂下，蘇雨菡也只能願賭服輸，和田箴約好週六看完攝影展後，一同去採買要送給方馥紘的禮物。

蘇雨菡心想，要是她把這件事告訴北野晴海和紀青岑，一定會被他們罵笨，甚至被狂念一頓，不如不說。

反正她和田箴之間沒什麼，田箴也另有喜歡的對象，所以應該不用事先報備也沒關係，對吧？

第五章

「潘呈娜臨時不來了嗎？」

到了約好觀看攝影展當天，方馥紘收到潘呈娜的訊息，潘呈娜說她學校臨時有事，沒辦法過來。

「怎麼禮拜六學校還有事呀？會不會是藉口，其實她要跟男朋友約會之類的。」阿胖學長隨口猜測。

原先就顯得有些悶悶不樂的方馥紘，聽到這句話後臉色更顯黯淡。

「不會啦，她可能是系上突然有事……」蘇雨菡趕緊打圓場，「是說學姊讀什麼系啊？」

「M大法律系。」方馥紘回答。

所有人聞言都瞪圓了眼睛，不敢相信看起來ㄎㄧㄤㄎㄧㄤ的潘呈娜居然是法律系的高材生。

「如果是法律系，那可能眞的會很忙吧。」說是這麼說，阿胖學長其實也無法肯定。

「哇！之後我應該請學姊教我功課！」田箴讚嘆。

「好了，我們快進去吧。」方馥紘打斷討論，領著大家入場。

「你想好買什麼禮物了嗎？」蘇雨菡和田箴走在最後面。

「相機鏡頭。」田箴做出按下快門的手勢。

「太大手筆了吧，這會讓收禮物的人有壓力。」

「那就再看看吧。」田箴看起來毫無想法。

一進到展場，他們便停止交談，安靜享受攝影師帶來的視覺震撼，徜徉在鏡頭後的世界。

這場攝影展看得蘇雨菡十分感動，她並不是眞的很懂攝影，也不是對拍照很有興趣，卻被這些影像深刻打動了。

結束逛展行程後，大夥到火鍋店用餐，同時分享觀展心得，並談論著要當一個專業的攝影師得付出多少努力。

「現在大家都是對攝影有興趣才加入社團，可是應該沒有人未來會走攝影這條路吧？」阿胖學長說完，往嘴巴塞進一大片涮好的五花肉。

「同意。」幾個社員異口同聲附和。

「我會走攝影這條路喔。」方馥紘冷不防舉手。

眾人面面相覷，阿胖學長代表說出大家的心聲，「眞的假的，社長，妳是眞的熱愛攝影喔？」

「難道你們不是因爲喜歡攝影才加入攝影社嗎？」方馥紘反而覺得疑惑。

蘇雨菡微微低下頭，她不好意思承認自己並沒有特別喜歡攝影，當初參加攝影社其實另有其他考量。

「喜歡呀，但沒有喜歡到未來願意走上那條路。」阿胖學長拍拍肚子，打了一個飽嗝，「感覺走那條路很可能會餓死。」

「所以我不會留在臺灣念大學。」方馥紘語出驚人，「我打算去國外留學。」眾人一片譁然。

「眞的嗎？學姊，妳打定主意了？」一位二年級的女社員問。

方馥紘深吸一口氣，「是眞的，我爸媽已經幫我申請好學校了，很可能在畢業典禮前我就會離開了。」她瞥向他們這桌唯一空著的位子，「原本今天要順便告訴呈娜學姊這個消息。」

阿胖學長舉起杯子，「讓我們預祝學姊一路順風吧！」

「才剛考完第一次期中考而已，現在就送上祝福也太早了吧。」田箴怪叫。

「不早好嗎，現在都四月了，高三的畢業考在五月，接著就是社團成果展和畢業典禮耶。」另一個社員計算著日期，大家才猛然發現時間已經進入倒數。

田箴有些失落，然而他很快打起精神，舉起杯子高喊：「預祝學姊鵬程萬里！」

「謝謝大家。」方馥紘笑著舉杯。

蘇雨菡有些擔心，潘呈娜錯過了得知這件事的機會，方馥紘會另外跟她說嗎？應該會吧，畢竟她們正在交往。

那爲什麼她會如此不安呢？

聚餐結束後，大家原地解散，田箴和蘇雨菡相偕前往附近的商圈。

田箴垂頭喪氣道：「儘管學姊畢業後，我們可能也沒什麼機會再見面，但起碼她人還在臺灣，出國念書就感覺好像以後再也看不到她了。」

「那你要不要向她告白？至少不會留下遺憾。」蘇雨菡仍不放棄說服他。

「不要啦，我已經下定決心了。」田箴雙手握拳，「不過，我還是想送她一顆相機鏡頭，這對於準備遠行的學姊更有紀念意義吧？」

「相機鏡頭應該不便宜。」

「我把我從小到大的壓歲錢拿出來就夠了。」

「値得嗎？」蘇雨菡忍不住問出口，田箴既不打算表白，也沒有和方馥紘交往過，好像沒必要買這麼昂貴的禮物送她。

「値不値得是用什麼基準來判斷？」田箴卻很不以爲然，「難道不是只要我覺得値得就夠了嗎？」

「確實是這樣沒錯啦……」

「從以前到現在，我好像只要喜歡上一個人，就很容易爲對方付出一切，朋友常常罵我是火山孝子、工具人……」田箴邊說邊打開手機地圖，尋找出售攝影器材的商家，「可我不那麼覺得啊，我是自願的，而且我很開心。」

「從社會大眾的眼光來看，會覺得你很傻吧。」蘇雨菡無奈一笑。

「我覺得沒問題就好啦！何必在意他人的眼光呢？」田箴直爽地回應。

田箴這番話猶如醍醐灌頂，令蘇雨菡猛然瞪大了眼睛。

她身陷和北野晴海、紀青岑的三角關係，這樣的她，明明不想被世人批判，卻在無形中批判了田箴。

然而她沒辦法像田箴一樣，坦然地向質疑她的人提出反駁，只能不斷在自己心中找藉口，希望透過迂迴的方式，從旁人口中得到認同與赦免。

國中鼓起勇氣告白的自己，或許都比現在的她更誠實。

「妳在發呆嗎？我們到了喔。」田箴伸手在蘇雨菡面前晃了晃，兩人已經來到攝影用品店前。

這時蘇雨菡的手機傳來震動，北野晴海問她聚餐結束了沒。

「還要再一下下。」

「還在聚餐？」

蘇雨菡想了一下，便回答：「對。」

她說的不完全是謊話，這應該可以算是聚餐的延續活動。

最後田箴看上的相機鏡頭單價太高，就算拿出他從小存的壓歲錢也不足以支付，而他不願意退而求其次，選擇其他不是那麼喜歡的鏡頭。

於是，在服務人員的推薦下，田箴改買了一臺拍立得。

儘管拍立得和專業相機差很多，但同樣可以記錄生活，此外拍立得還可以搭配各種花俏的底片使用，拍出來的相片頗具獨特性，也很有紀念價值。

蘇雨菡贊助了一盒拍立得底片，在結帳時才發現這東西價格挺昂貴的。

「今天謝謝妳，我知道妳一直鼓勵我和學姊告白，是爲了不讓我留下遺憾，不過我眞的不需要告白，說不定告白了才有遺憾呢。」田箴心滿意足地提著購物紙袋和蘇雨菡一同往門口走去。

「都不知道該說你傻還是大智若愚了。」蘇雨菡微微一笑，「我也要謝謝你，你讓我學到了很多。」

「是嗎？妳要跟我學的東西可多了，畢竟我現在可是學年第一啊！」田箴驕傲地抬起下巴，推開攝影用品店的玻璃門，卻見北野晴海和紀青岑站在門外，像是已經等了好一陣子。

「嗨，雨菡，聚餐結束啦？」北野晴海朝她扯了扯嘴角，眼裡沒有一絲笑意。

「妳在攝影器材店聚餐？」紀青岑瞥了眼上頭的招牌。

「你們怎麼會在這裡……」蘇雨菡雖然自覺沒有做錯事，不免還是有些緊張，「啊，這位是田箴。」

「喔喔，你就是紀青岑吧！我這一次考了年級第一，終於贏過蘇雨菡啦。」田箴絲毫沒有察覺到怪異的氣氛，自顧自地說了一大串，接著又扭頭向蘇雨菡道別，「我先走了，今天真的很感謝妳。」

「等等，你手裡拿著的是什麼？」北野晴海叫住他。

「是我們要送給學姊的禮物。」田箴說完，像是想到了什麼，忽然嘆了口氣，「你好像很受女生歡迎，前幾天聽我們班的女生說，又有人跟你告白了。」

這句話讓原本板著一張臉的北野晴海頓時有點慌張，趕緊看向蘇雨菡。

「喔？又有人跟你告白？」蘇雨菡挑眉，「我怎麼不知道。」

「他好像回了很難聽的話，那個女生哭得超慘……」田箴振振有詞，「我剛才講的遺憾就類似這種情況，單純告白被拒絕還無所謂，若對方又說了什麼難聽話，造成我的心理陰影該怎麼辦？」

「噗。」紀青岑笑出聲，在北野晴海的怒視下，他立刻別開眼裝沒事。

「謝謝你告訴我這個消息，拜拜。」蘇雨菡笑容滿面地向田箴揮手道別，然後轉過身看向紀青岑和北野晴海，雙手環胸，「你們怎麼會知道我在這裡？」

「妳應該先解釋這是什麼聚餐吧？」北野晴海模仿她環胸的動作。

「那你也解釋一下，爲什麼我不知道有人跟你告白？還有，你說了什麼傷人的話？」

「我們先離開這裡吧。」紀青岑出面緩頰，拉著兩人離開店門口。

「我們看完攝影展、吃完飯，就一起過來買要送給馥絃學姊的禮物。」蘇雨菡提起方馥絃高中畢業後即將出國留學，而後反問北野晴海是否有調查到這件事。

「我後面沒再更新資訊了，所以不清楚。」北野晴海不滿地捏了一下蘇雨菡的臉，「我曉得田箴非常喜歡那個學姊，就不跟妳計較騙我們的事了。」

「哼，你們到底是怎麼得知我在這裡的？」

「我朋友很多。」北野晴海簡略地說，紀青岑則默不作聲。

「那你對跟你告白的女生說了什麼難聽話？」

紀青岑笑了出來，「大概就是叫她照照鏡子之類的吧。」

「這麼過分？」蘇雨菡不敢相信。

北野晴海伸手輕觸蘇雨菡的下巴，「我只對妳溫柔，這點妳一定要知道。」

「我們都是。」紀青岑摸蘇雨菡的頭，「所以妳別隱瞞我們任何事。」

「明白了，我再也不會了。」蘇雨菡嘆氣，「你們也要答應我，對待我的朋友們和顏悅色一點。」

「我們一直以來都很和顏悅色啊。」北野晴海睜眼說瞎話，「話說簡若荷那女人是怎樣？妳眞的看不出來她是個八婆嗎？」

「你看！說好的和顏悅色呢？」

「晴海只是擔心妳。好啦，我們不會再對妳認可的朋友發表任何意見了，不過我們眞的很討厭簡若荷。」

「青岑！」蘇雨菡瞇起眼睛警告他，紀青岑連忙舉起手表示投降。

其實不用紀青岑說，她也早就察覺簡若荷不太對勁了，可她不想他們插手，她打算再多觀察對方一陣子。

兩人見蘇雨菡皺起眉頭，決定不再繼續談論這個話題。

「我的生日快要到了。」紀青岑開口。

果然，蘇雨菡被這句話轉移了注意力，雙頰驀地染上紅暈。

「啊啊……輪到他了。」北野晴海雙手枕在腦後，「前面有賣霜淇淋，要吃嗎？」

「我要巧克力的。」紀青岑說。

「根本不需要告訴我口味。」北野晴海緩緩往霜淇淋店走去。

蘇雨菡則咬著下唇，害羞地瞥了紀青岑一眼，又迅速低下頭。

「妳不要露出這麼可愛的表情啦。」紀青岑伸出手，輕輕把她的下巴抬起來，讓她迎向自己的目光，「妳還記得我那天會吻妳吧。」

蘇雨菡點點頭，下意識摸了一下自己的嘴唇。

「眞希望今天就是我的生日，這樣我現在就能親妳了。」紀青岑說完便牽起蘇雨菡的手，看著前方用雙手捧著三隻霜淇淋回來的北野晴海。

北野晴海瞧見兩人交握的手，馬上嚷嚷道：「過來幫忙！還牽手啊！」

三個人坐在附近公園裡的長椅上各自享用著霜淇淋，蘇雨菡吃的理所當然是香草與巧克力的綜合口味，畢竟這是她最喜歡的口味。

突然，紀青岑的手機收到一則訊息，他讀完後，把手機收進口袋，接著迅速吃完霜淇淋，起身道：「我要先回去了。」

「喔，再見。」北野晴海的回應很乾脆。

蘇雨菡覺得奇怪，他們向來都是三人同進同出，很少出現其中一人先行離開的狀況。

「你要去哪裡？」蘇雨菡跟著站起來。

「我和朋友有約。」紀青岑簡短解釋，並朝他們揮手，「先走了。」

蘇雨菡愣愣地看著紀青岑逐漸遠去的背影，與此同時，霜淇淋漸漸融化，一滴巧克力口味的霜淇淋落至蘇雨菡的虎口，北野晴海冷不防低頭舔掉那滴霜淇淋。

「哇！」蘇雨菡嚇了一跳，「你幹麼啊？」

「這麼在意的話，要不要跟上去呢？」北野晴海挑眉道。

「這樣好嗎？」

「反正這種事我和青岑剛才也做過了。」北野晴海指的是他和紀青岑尾隨蘇雨菡和田箴到攝影器材店，他一臉躍躍欲試，催促道：「妳快點把霜淇淋吃完，不然我們就追不上囉。」

聞言，蘇雨菡趕緊吃完了手中的霜淇淋，和北野晴海一同快步往紀青岑離去的方向前進。

幸好紀青岑並沒有走得太遠，他被紅燈攔下，此刻正站在不遠處的路口等待行人號誌燈轉綠。

「今天我叫他一起出來找妳的時候，他跟我說他晚一點有事。」

「他有什麼事？」

「這我就不知道囉，除了妳，其他人的行程我都不在乎，包括他。」北野晴海聳肩。

幾秒鐘後，行人號誌燈轉綠，紀青岑匆匆過了馬路。

蘇雨菡和北野晴海跟隨在後，並和紀青岑保持一定的距離，避免被他發現。

只見紀青岑來到一家速食店前，拿出手機不知道和誰聯絡後，一名綁著雙馬尾的女孩就從旁邊的轉角跑出來，她帶著燦爛的笑容朝紀青岑揮手。

「哇——」北野晴海發出驚呼聲，宛如在欣賞一齣好戲。

蘇雨菡在看清女孩的面容後，臉色立刻刷白。

那是簡若荷。

爲什麼紀青岑和她會在週末相約見面呢？

簡若荷自然地勾起紀青岑的手，他並沒有掙脫，兩人維持這個親密的姿勢往後頭的商圈走。

「這是怎麼回事？他們什麼時候變得這麼親密了？

北野晴海沒有回答，只是面帶笑容反問：「還要跟過去嗎？」

蘇雨菡搖頭，眼前的視線逐漸變得模糊。明明剛剛紀青岑才說要在生日那天親吻自己，怎麼下一秒他就跑去和別人約會了呢？

「哎呀，出乎意料的反應。」北野晴海見狀有些慌張，連忙掏出衛生紙遞給她，「妳這樣違規喔。」

一滴眼淚從蘇雨菡的眼眶滾落，她沒想到自己會如此難過。

「妳這樣哭，我哪有辦法繼續下去。」北野晴海嘆氣，用衛生紙輕輕按壓她的眼角，「雨菡，我們很珍惜妳，所以很多事情不想讓妳知道太多，希望妳永遠保持單純。」

「你在說什麼……」蘇雨菡吸吸鼻子，聽不懂他的意思，同時微微側過頭，閃避他的碰觸。

北野晴海不讓她躲開，堅持幫她擦乾眼淚，「有時候我們會做出一些妳不見得會喜歡的事，像是對妳的朋友很凶，可是我們這麼做都是有原因的。很多妳認爲是朋友的人，其實都只是在利用妳、傷害妳，像是黃靜佳、陳語雯……不過和簡若荷相比，她們兩個簡直是幼幼班，相信我，妳沒辦法自己解決簡若荷的。」

「晴海，你的意思是……你們是故意的？」

北野晴海的嘴角彎起一抹弧度，「沒錯，我們曾經說好不干涉妳的交友，但我們會幫妳辨識朋友，這是我們最低限度的退讓。」

「我的朋友我自己會處理，我又不是小孩子！」蘇雨菡有些生氣。

「然而妳就是沒辦法處理啊，這也不是我們第一次幫妳了。」北野晴海的語氣像是在哄孩子般。

蘇雨菡心念一動，驚駭地捂住嘴，「難道黃靜佳不是自行轉學？是你弄走的？」

「不然當初妳以爲我是在開玩笑嗎？我讓她去到更適合她的學校。陳語雯也是，在我和青岑的警告下，她終於閉嘴了。」北野晴海放慢語速，一字一句說得清晰。

「晴海，你好可怕，爲什麼……」蘇雨菡不自覺地顫抖，眼前的北野晴海讓她感到陌生。

不，北野晴海的性格本來就是這樣吧？她早就知道了不是嗎？

習慣控制所有的事，不允許事情超出他的掌控，同時對她異常執著。

這不就是北野晴海嗎？

「蘇雨菡，我並不可怕，如果妳覺得可怕，那都是因爲我喜歡妳。」

✦

紀青岑在傍晚時來到北野晴海的家，蘇雨菡也在那裡，只是她還在鬧彆扭。

「你媽不會又忽然回來吧？」紀青岑把外套放到一旁，謹慎地詢問。

「不會，他們去外縣市了。」北野晴海靠向蘇雨菡，卻被她閃過，「幫我跟她解釋吧，她還在生我的氣。」

「爲什麼？」紀青岑好笑地坐到蘇雨菡身邊。

「你們逼走我的朋友、控制我的生活，彷彿我是你們的附屬品一樣！」蘇雨菡氣呼呼地說。

「這有什麼問題嗎？」紀青岑不明白，「那些『朋友』不也讓妳感到困擾嗎？」

「你們這樣很像恐怖情人！」蘇雨菡大吼，伸手用力推了他們兩個。

「恐怖情人才不是這樣！」北野晴海怪叫，一副非常委屈的樣子。

「對啊，我們這麼做是在保護妳，不是傷害妳耶！我們怎麼能讓那種會搶好朋友的男朋友的人留在妳身邊？」紀青岑語氣也變得激動。

這下換蘇雨菡無語了，因爲他們說得確實沒錯，只是她還是很不爽。

「那也該由我自己想辦法……」

「好了，妳先聽聽這個。」紀青岑攬過蘇雨菡的肩膀，點開手機裡的錄音檔，「這是今天我和簡若荷出去時，偷錄下來的對話。」

「爲什麼要和她出去？晴海說你們是故意的。」

「爲了揪出她的眞面目啊。」紀青岑說。

「如果是我，我一定會很難控制住表情，可能還會忍不住破口大罵，所以只好讓八面玲瓏的青岑去擔任花心男。」北野晴海聳聳肩，雙手撐在桌子上。

「你這句話是褒是貶？」紀青岑挑眉。

「隨你想像。」北野晴海一笑。

錄音檔的長度大約十分鐘，背景音不算吵雜，想必紀青岑特意找了安靜的地方才開始錄音。

一開始紀青岑爲了套簡若荷的話，說了一些違心之論，像是「希望能和妳保持私下的關係」、「比起蘇雨菡，妳更是我的菜」，或是「因爲北野晴海喜歡蘇雨菡，自己身爲朋友只能跟在旁邊」等。

聽見紀青岑那些話，蘇雨菡頓時心如刀割，儘管她已經知道紀青岑只是演戲，她還是哭了出來。

「瞧！她剛剛也是這樣忽然就哭了，所以我才沒辦法再鬧她，不然原本還想讓她看看你和別的女生搞曖昧的樣子。」北野晴海嘆氣，迅速抽了兩張衛生紙。

紀青岑接過衛生紙，替蘇雨菡擦拭眼淚，「那些話都是假的，不要哭了，這樣妳可以稍微理解我們看到妳跟其他人說話時的心情了吧？」

蘇雨菡很想對他大吼，這兩種情況分明差多了，但是卻哭得說不出話來。

紀青岑見狀只好暫停播放錄音，等蘇雨菡冷靜一點後再繼續。

「我們只是想讓妳清醒一點，確認哪些朋友應該放手。」北野晴海說。

「蘇雨菡說我們是命中注定的朋友，這種說法有一點噁心耶。我一直覺得她假假的，不過我還以爲你們兩個都喜歡她呢，原來只是因爲北野晴海的關係啊。眞可惜，我很喜歡北野晴海那種壞壞的男生，不過你也很帥。你說想和我保持私下的關係，是指我們偷偷交往嗎？也是可以啦，瞞著他們兩個對吧？這樣好刺激喔。」

簡若荷興奮的聲音清晰無比地傳入蘇雨菡的耳中。

當然，紀青岑他們蓄意試探一個人也有錯，可是簡若荷的確背叛她了。

「這件事還是讓我自己解決吧。」蘇雨菡最後平靜地說。

得知被朋友背叛，她的反應比想像中還要平淡，反倒是紀青岑爲了做戲說出的那些話，更讓她感到心痛。

「好，交給妳吧。」北野晴海同意了，紀青岑則沒有表示意見。

蘇雨菡很無奈，爲什麼她交個朋友會這麼難呢？

✦

蘇雨菡想了想，認爲自己身邊總是會出現想接近紀青岑或北野晴海的人，是因爲他們三個人正在交往的事沒有對外公開。

所以她認爲自己應該先解決這個最根本的問題，或許她好好向簡若荷解釋清楚，從此兩個人井水不犯河水，也就罷了。

蘇雨菡告訴自己，這沒什麼大不了的，她已經很習慣和朋友絕交了。

只是事情居然比她預期得還要麻煩，這天她一大早就在教室裡等待簡若荷來學校，驀地聽到了外頭紛沓的腳步聲，伴隨著簡若荷的叫喊。

田箴氣喘吁吁跑了過來，站在教室後門望著蘇雨菡，眼神頗爲受傷。

「妳，出來一下。」他手裡提著那天購買拍立得時拿到的紙袋。

「怎麼回事……」蘇雨菡站起來，發現簡若荷跟在田箴身後，儘管看上去神色有些慌張，蘇雨菡卻覺得她在笑，這讓她有不好的預感。

北野晴海與紀青岑想要跟著出去，蘇雨菡抬手制止他們，自己走了出去，班上的其他同學紛紛投以好奇的目光。

「對不起呀，雨菡，我不知道這不能講。」簡若荷假意道歉。

蘇雨菡完全不明白簡若荷在說什麼，又為什麼和田箴有關？

「我們去別的地方講。」田箴咬牙切齒道。

於是蘇雨菡和田箴一同走向走廊尾端，那裡比較沒有人。

簡若荷則捂住嘴巴偷笑，踏著雀躍的步伐回到教室。

即便當初和紀青岑說好要隱瞞兩人的關係，然而對方可是紀青岑耶，能和他在一起，簡若荷怎麼可能不對外炫耀？她當然要想辦法把消息散播出去！

贏過蘇雨菡，且得到學校其中一位男神青睞的，是她簡若荷。

她相信再過不久，連北野晴海也會是她的囊中物！

簡若荷逕自走到紀青岑身邊，眉開眼笑地向他搭話，身體還親暱地朝他貼近。這樣的舉動全被班上同學看在眼裡。一旁的北野晴海只是挑眉，上身往後一縮，作壁上觀。

「田箴又來找雨菡做什麼？感覺他們好像有什麼祕密，一副很親暱的樣子。」簡若荷歪著頭，露出可愛的微笑。

「妳做什麼？」紀青岑語氣冷漠。

「咦？」簡若荷愣了下，裝傻地退後幾步，「啊……我忘記在學校要保持低調了。」

這句話她刻意說得很大聲，想讓班上其他人聽見並產生各種遐想。

「低調什麼？」紀青岑也大聲回應。

「我實在忍不住了，喂，妳算什麼東西？真以爲青岑喜歡妳啊？」北野晴海臉上似笑非笑。

此時班上已經有人偷偷拿出手機開始錄影。

「你、你說什麼……」簡若荷脹紅了臉，「你們串通起來騙我嗎？」

「妳想要一些不夠聰明的手段是妳的自由，但我們不會讓雨菡傻傻地被妳利用和欺負。」紀青岑一臉嫌惡地拍了拍方才被簡若荷碰過的手臂，像是在拍掉什麼髒東西，「離我遠一點。」

「趁這個機會，我們也和大家說一下，不過我想上學期陳語雯應該都跟你們講過了吧？」北野晴海起身環顧全班，視線還刻意停留在偷錄影的人的手機鏡頭上一陣子。

被點名的陳語雯往後一縮，恨恨道：「簡若荷那個白目。」

「我們兩個都喜歡蘇雨菡，若是有人膽敢利用蘇雨菡、欺負蘇雨菡……你們儘管試試，看是我家財大勢大，還是你們眞的可以靠爆料來扳倒我。」北野晴海態度張狂，簡直目無王法。

縱使他這番話聽起來就是倚仗自家的權勢做出威脅，然而眾人都被他的氣勢所震懾，一時之間竟無人反駁。

「哈。」紀青岑笑出聲音，也不知他笑的是北野略帶中二的發言，抑或是眾人的欺善怕惡。

「你們好奇怪！既然你們兩個都喜歡她，怎麼還能和平共處？她有什麼特別的？蘇雨菡不過就只是……」簡若荷惱羞成怒，大聲嚷嚷道。

「注意妳說出來的話，簡若荷。」北野晴海按壓手指關節，發出劈哩啪啦的聲響，「我對妳的忍耐是有限度的。」

「妳最好不要惹晴海喔。」紀青岑插話，他這可是好心提醒。

簡若荷握緊拳頭，氣憤難耐，但她清楚憑藉自己的力量無法以卵擊石，所以她只能轉身跑出教室。

等她離開後，好戲也該散場了，其他人默默收回視線，回去做自己的事，而拿著手機錄影的那個男生思考半晌，最終把影片刪掉了。

今天是北野晴海和紀青岑第一次當著大家的面，把話說得那麼明白。

他們兩個都喜歡蘇雨菡。

第六章

田箴和蘇雨菡在走廊尾端停下腳步，田箴忍不住氣急敗壞地抓住蘇雨菡的手腕。

「那個雙馬尾告訴我，妳一直都知道。」

「知道什麼？」蘇雨菡甩開田箴的手，「她又亂說什麼了？」

「潘呈娜學姊、方馥紘學姊。」

儘管田箴只說了兩個人的名字，蘇雨菡卻能猜到，他已經得知潘呈娜和方馥紘在交往。

可是爲什麼簡若荷會知道這件事？而簡若荷又是怎麼得知自己也知道？

蘇雨菡仔細回想，除了社團教室，她只在學校停車場和潘呈娜聊過這段祕密戀情……難道簡若荷那天也在那裡？

「妳果然知道……」田箴瞧見蘇雨菡陷入沉思，他的心往下一沉。

「我確實知道，但是我沒有告訴過簡若荷，她跟你說了什麼我不清楚，不過事實不是她說的那樣。」蘇雨菡冷靜地解釋。

「既然妳知道學姊有交往對象，爲什麼還一直慫恿我告白？妳在嘲笑我嗎？還是妳想看我被拒絕？」田箴十分受傷。

「你不是本來就認定自己一定會被拒絕，也料到學姊有喜歡的人嗎？你明明也曉得我要你告白，是希望你不留遺憾啊！爲什麼你在得知馥紘學姊的交往對象是誰後，推翻了先前那些想法，轉而認爲我是在嘲笑你呢？」蘇雨菡一口氣說完。

「我……」田箴被堵得啞口無言。

「況且馥紘學姊根本沒有要公開，我怎麼可以因爲你喜歡學姊，就把這件事告訴你？我鼓勵你告白，是眞的不希望你留下遺憾。」蘇雨菡握緊拳頭，「如果你不願意相信我，選擇相信那個你連名字都不知道的『雙馬尾』，我無話可說。」

蘇雨菡覺得很委屈，然而該說的話都說了，她低著頭掠過田箴身邊走回教室。

與此同時，剛從教室跑出來的簡若荷一見到她，立刻衝過來用力推了她一把。

「啊！」蘇雨菡被簡若荷推得站立不穩，要不是田箴趕緊過去扶住她，她一定會摔在地上。

「北野晴海和紀青岑都說喜歡妳，那妳呢？」簡若荷劈頭便質問蘇雨菡。

四周的人都注意了到這場騷動，就連原本待在教室裡的兩位當事人也走了出來。

看到田箴攙扶著蘇雨菡，北野晴海和紀青岑立即上前禮貌地請他鬆手。

隨後北野晴海瞪著簡若荷，沉聲說：「難道妳聽不懂我的意思？」

「那種威脅算什麼？你們能怎麼對我？難道打我嗎？哈！我根本不怕你們好嗎！」簡若荷完全豁出去了，「回答我啊！蘇雨菡，妳喜歡誰？他們兩個都喜歡妳，妳總得選一個吧？難不成都不選，繼續吊著他們，把他們當工具人？」

「雨菡，妳可以不用回答。」紀青岑低聲說，「我們從沒想過要逼妳公開。」

紀青岑這句話讓蘇雨菡很心酸，是啊，她一直躲在他們的背後享盡一切好處……她也該爲了他們勇敢一次。

於是，蘇雨菡站直了身體，直視簡若荷，「我爲什麼要選？」

聞言，附近圍觀的人群開始竊竊私語，臉上的表情也變得怪異。

是啊，這樣的愛情是不正常的吧，一旦攤在陽光底下，就只會受到大家的唾棄。

「好噁心，有夠噁心的！你們不正常，你們是變態！」簡若荷失控地大吼，彷彿要讓所有人都聽見，「他們三個竟然一起交往！還有沒有道德觀？說穿了這就是噁心的三人行啊！」

「簡若荷，妳徹底惹毛我了。」北野晴海陰冷地開口，嚇得眾人不敢再出聲。

他收起笑容，面無表情盯著簡若荷。

蘇雨菡能感受到北野晴海眼神裡的冰冷寒意，她抓住北野晴海的手臂，想制止他再有下一步動作，可是紀青岑卻輕捏了一下她的另一隻手，對她搖了搖頭。

爲了蘇雨菡，北野晴海已經忍耐夠久了，他不想再忍下去，而他此刻的爆發，同樣也是因爲蘇雨菡。

「蘇雨菡，接受我們的好意，也接受我們的怒氣……」紀青岑輕聲說，「接受我們的全部。」

蘇雨菡抿唇不語，鬆開了抓住北野晴海的手。

✦

北野晴海撂下狠話後過了幾天，時間到了四月十二日，這天是紀青岑的生日。

原先擔心害怕的簡若荷開始認爲北野晴海只是虛張聲勢，但仍不敢再接近蘇雨菡。班上的同學也沒有人敢和她說話，而簡若荷一下課就會消失在教室，直到上課才會回來。

不過蘇雨菡的心思沒辦法停留在簡若荷身上太久，她更在乎的是今天放學後她與兩個男生的約定。

「我的生日是去對我有紀念意義的海邊，青岑呢？」

「大概是你家吧。」紀青岑說。

北野晴海了然地點點頭。

「爲什麼？」蘇雨菡不理解。

「雨菡，妳十六歲的時候我們會送妳一個禮物，在此之前，有些事不能告訴妳。」紀青岑撫摸蘇雨菡的臉頰。

「這是我們的小小堅持。」北野晴海聳肩。

「好吧，我知道了。」

終於來到放學時間，北野晴海打了好幾通電話回家，確認北野夫妻都不在後，才帶著蘇雨菡和紀青岑回去。

蘇雨菡以爲他們要進書房，結果北野晴海和紀青岑卻往庭院的廊台走，而後坐了下來，這個位置可以看見庭院的鯉魚池以及假山造景。他們兩個留下中間的空位給蘇雨菡，示意她過來。

「爲什麼要坐在那裡……」蘇雨菡很是疑惑。

斜陽照射下，他們的身影被光暈圍繞，像是鑲了一層金色的邊框。晚風吹來，帶來他們身上的氣味。

「雨菡，過來。」紀青岑朝她伸手，北野晴海則看著前方。

蘇雨菡沒有猶豫，奔入紀青岑的懷中。

紀青岑讓她仰躺在自己的腿上，接著俯身吻她。

他雙唇輕柔的碰觸彷彿在試探，如蜻蜓點水般不斷地來回，從她的上唇、嘴角到下唇，反覆親吻好幾遍。他用舌頭舔舐蘇雨菡的雙唇，示意她也張開嘴，接著探入她的口中。

與北野晴海強勢又熱情的吻不同，紀青岑的吻很細膩溫柔，幾乎快將蘇雨菡融化。

一旁的北野晴海目不斜視，盯著池中悠游的鯉魚，手撐著下巴，聽著兩人親吻的動靜，儘管有些刺耳，卻也有些欣慰。

直到幾乎快要呼吸不到空氣，紀青岑才終於肯結束這個漫長的吻。

「親好久喔。」北野晴海轉頭望向他們，注意到蘇雨菡的唇已經有些紅腫了。

「懂我的感覺了吧。」紀青岑故意這麼說。

「懂，怎麼不懂。」北野晴海聞言笑了笑。

兩個男生心裡都明白，這種獨占的吻，今天是最後一次了。

「雨菡，今天怎麼不是妳十六歲生日。」紀青岑望著蘇雨菡嫣紅的嘴唇低喃。

「我那時候也有同樣的想法，更何況我要等待的時間更長好嗎？」北野晴海懶洋洋地附和。

蘇雨菡茫然地看著兩人，不理解他們話裡的意思。

這時候，幫傭忽然急匆匆地跑來：「少爺，老爺他們回來了！」

一聽到這句話，他們馬上站起來並拿起書包，下一秒，另一名幫傭已經機靈地把三個人的鞋子送過來。

三人迅速穿上鞋子，在北野晴海的帶領下，從後門奔出北野家。

直到跑過兩條巷子，三人才氣喘吁吁停下，相識而笑。

「啊，好險。」蘇雨菡撫著胸口，「要是被晴海的爸媽看到就慘了。」

「被夫人看到確實是有點慘。」紀青岑說。

「但如果只被爸看到應該還好。」北野晴海補充了一句，而紀青岑一副深有同感的樣子。

「爲什麼？」蘇雨菡問。

「就說了，等妳十六歲就會知道了。」紀青岑摸摸蘇雨菡的頭。

此時，北野晴海的手機響了，來電者是薛易成。

「嗯，這樣就可以了，謝了。」北野晴海簡短回應後就掛掉電話，嘴角露出一抹笑意。

「雨菡，明天有好戲看了。」他捏捏蘇雨菡的臉頰，「這是我們提前送妳的生日禮物。」

蘇雨菡曉得再問下去也不會有答案，她只要接受就好，所以她點點頭，雙手勾住北野晴海和紀青岑的手臂，與他們漫步在夕陽之下。

當天晚上，潘呈娜打了通電話給蘇雨菡，告訴她一個驚人的消息。

「田箴向馥紘告白了，我知道他喜歡她，可是從沒想過他會告白。而且，他還是當著我的面告白的。」潘呈娜的聲音聽起來很興奮，一點都沒有吃醋的跡象。

原來前天田箴特意打電話給方馥紘，表示很感謝她和潘呈娜長期以來的照顧，想請她們吃一頓飯，地點約在學校附近的簡餐店。在吃甜點時，田箴拿出立可拍和底片，並說明立可拍是他準備的，而蘇雨菡準備的是底片。

隨後，潘呈娜將田箴告白的過程鉅細靡遺轉述一遍。

「原本這是要送給馥紘學姊當生日禮物的，只是前陣子發生了一些事，所以拖到現在，抱歉。」田箴推了推眼鏡，老實地說。

「唉唷，這很貴耶，你幹麼這麼破費？拿去退掉啦！」方馥紘非常驚訝，推回袋子表明不肯收下。

「沒關係啦，而且距離我們買下這兩樣東西已經超過七天，不能退貨了。」田箴扯了扯嘴角，「有些話，我想在學姊離開前說。」

方馥紘嚇了一跳，偷瞄了一旁的潘呈娜。

「離畢業還有一段時間，你這小子怎麼就開始感傷了？」潘呈娜調侃他。

田箴再度推了下眼鏡，正色道：「我會想要爲馥紘學姊準備生日禮物，是因爲我喜歡學姊。」

「咦？」方馥紘停下正拿著叉子叉起一塊蛋糕的手，下意識又看了潘呈娜一眼。

「馥紘學姊，我一直都很喜歡妳，可是眼看妳就要離開了，我認爲這是我最後一次可以向妳表明心意的機會。放心，我從來沒想過要跟妳有更進一步的關係，就只是想告訴妳而已。」田箴抓了抓頭髮，表情十分靦腆。

「對不起，田箴，我一直都沒發現你的心意。」方馥絃咬著下唇，認眞地回應，「沒想到你會喜歡像我這樣……一點都不像女生的女生，而且我還大你兩歲，總之……謝謝你喜歡我。」

「沒有啦，我本來就不奢望妳會喜歡像我這樣的人，還有，學姊非常可愛，哪裡不像女生了？學姊每次賞析照片時，神采奕奕的模樣超級可愛，是我配不上學姊……」說著說著，田箴差點哭了出來，但他強迫自己忍住淚水，哽咽道：「另外，也要謝謝潘呈娜學姊創立攝影社，讓我有機會遇見馥絃學姊。」

「不用謝啦，我是因爲自己喜歡攝影才創社的……」潘呈娜有些尷尬，內心很不是滋味。

方馥絃猛地握住了潘呈娜放在餐桌上的手，潘呈娜很驚訝，而田箴也把這一幕看在眼裡。

方馥絃低著頭，不敢與那兩人的目光相對，「田箴，我、我想跟你說實話，我拒絕你，不是因爲你不夠好，你永遠不要覺得自己不夠好。我不能回應你的感情，是因爲……我沒辦法喜歡男生，其實我在和潘呈娜交往……」

聽潘呈娜轉述到這裡，蘇雨菡不由得瞪大了眼睛，插嘴打斷她的話。

「馥紘學姊向田箴承認妳們的關係？」

「對！我不敢相信幸福來得如此突然！她承認自己喜歡女生就算了，重點是她承認我了！這麼多年來，她終於……」潘呈娜在電話那頭哭了，「我第一時間就想和妳分享這個好消息，畢竟妳曾經目睹我們難看的爭吵。既然她肯承認我了，我相信我們以後會越來越幸福，我對未來充滿了期待。」

聽到這裡，蘇雨菡由衷為潘呈娜感到開心，但是她總覺得好像哪裡怪怪的。

田箴明明早就知道方馥紘和潘呈娜暗中交往，為什麼還要特意把她們兩個人一起約出去，然後當著潘呈娜的面，向方馥紘告白呢？

他這麼做眞的是爲了不留遺憾嗎？

蘇雨菡一時想不明白，但她對自己說：別想太多，田箴那麼天眞善良，他不會有什麼壞心思的。

於是她向潘呈娜道賀，「恭喜妳，學姊。」

不知怎麼的，蘇雨菡還是無法完全放下心來，從潘呈娜的語氣和她們現在談話的內容推測，她似乎還不曉得方馥紘即將出國念書，等等，這麼說來，田箴之所以決定告白……

「啊，田箴打電話過來，我接一下。」潘呈娜忽然這麼說。

「他打電話給妳？」蘇雨菡意識到不太對勁，田箴從來不會私下聯絡潘呈娜。

「對呀，那就先這樣囉，下次見。」

潘呈娜很快掛掉電話，蘇雨菡根本來不及阻止。

她越想越不安，便傳了訊息給潘呈娜，要她結束和田箴的通話後，再聯絡她。

然而，一直到隔天凌晨一點，那則訊息都沒有顯示已讀。

✦

一大早出門上學時，蘇雨菡在路上遇到了薛易成。除了紀青岑以外，薛易成是北野晴海在學校最要好的朋友。

不過儘管薛易成、紀青岑都與北野晴海交好，薛易成卻對紀青岑隱含敵意，紀青岑對待薛易成的態度也很冷淡。

由於性格使然，紀青岑向來只和蘇雨菡、北野晴海親近。

薛易成把北野晴海視爲大哥，也把蘇雨菡視爲大嫂，但蘇雨菡身邊卻老是圍繞著紀青岑這個跟屁蟲。薛易成對此頗爲忿忿不平，心想紀青岑這傢伙有什麼資格跟自己的大哥搶女人啊！

薛易成曾經試探性地問過北野晴海對這件事的看法，結果只換來北野晴海冰冷的回覆：少管閒事。

這讓薛易成認爲，或許這樣的相處模式是北野晴海默許下的產物。

尤其前幾個禮拜北野晴海又當眾宣稱他和紀青岑都喜歡蘇雨菡，而紀青岑並未否認。

以前見他們終日形影不離，眾人以爲那只是因爲他們交情很好，就算有人說他們是三人行，也是開玩笑的意味居多；然而現在情況不一樣了，大家都開始猜測，他們是不是眞的三個人一起交往……

「你住在附近嗎？」率先開口的是蘇雨菡。

「其實是晴海叫我來接妳上學。」薛易成老實說，「他怕簡若荷找妳麻煩，或是妳被某些無聊人士騷擾。」

「爲什麼今天會特別……啊……」蘇雨菡驀地想起，北野晴海昨天說過今天有好戲看，他派薛易成來護衛自己上學的原因，應該與這件事有關吧。「你知道他要做什麼嗎？」

「大概知道。」薛易成抓了抓後腦勺。

理著平頭的他看起來雖然有點凶神惡煞，其實個性還挺溫和的……嗯，不打架的時候。

「什麼呀？可以先告訴我吧。」

「反正就是與簡若荷有關，妳等一下就知道了，如果我先講出來，晴海說不定會氣我破壞他要給妳的驚喜。」薛易成神祕兮兮地說。

「你很喜歡晴海吧。」蘇雨菡邊走邊問。

「是啊！我國中就認識他了，那時候我常常被班上的人欺負，是晴海救了我，他教我怎麼打架，教我學會自己面對一切。」薛易成回想過往，忍不住微笑，「所以晴海要我做什麼，我就做什麼，也會永遠無條件站在他那邊。對我來說，他就是拯救我人生的英雄。」

「哇，聽你這麼一說，我都感動了。」蘇雨菡沒想到薛易成和北野晴海之間竟有這麼一段過往，她國中時始終很注意北野晴海，怎麼就沒發現他旁邊的薛易成呢？思及此，她腦中閃過一個胖男孩的身影。

「你以前是不是身材比較胖？」

「沒想到妳記得我，我以前和現在差很多齁。」薛易成笑了兩聲，「我也記得妳喔，筆記本女孩。」

「嘿嘿。」這次換蘇雨菡不好意思地笑了，「都是過去的事了。」

筆記本女孩當初就是以觀察紀青岑和北野晴海聞名，那筆記本中的內容曾被短暫上傳到社群平臺，還引來了當事人的注意。

想起這些回憶，薛易成好像忽然能理解，蘇雨菡爲什麼會周旋在那兩個男生之間了。

「這樣我就懂了……原來……」他喃喃自語。

抵達校門口和教官打過招呼後，薛易成陪著蘇雨菡走到教室，他張望了一下，沒看到北野晴海與紀青岑的身影。

「他們的書包都在座位上，應該已經來了。」薛易成對蘇雨菡說，「既然這樣，我就先走了喔。」

「謝謝你。」

蘇雨菡坐到位子上，傳訊息問他們人在哪，不過兩個人都沒有讀訊息，這種情況平常很少見。

七點半鐘響後，全班都就定位了，卻仍不見北野晴海與紀青岑。同一時間，班上每個人的手機都收到了訊息提示，不少人狐疑地點開訊息。

有人在班級群組傳了幾十張照片和幾段影片，率先點開照片的男同學發出驚呼，接著有人點開了影片，簡若荷的聲音頓時迴盪在教室中。

「不要告訴你女朋友不就好了，反正我們也只是玩玩，還好吧？」

「你眞的很孬耶！我又不會講出去！」

「我有吃避孕藥，所以沒關係。」

蘇雨菡十分驚訝，跟著拿出手機查看，那些照片和影片的主角都是簡若荷，照片裡的她穿著上一間高中的制服，與眾多不同男生舉止親密，甚至進出旅館。

蘇雨菡好奇點開一段影片，只見簡若荷和一群不良學生聚在一起抽煙，同時還大聲罵各種難聽的粗話，表情凶狠……

然而最奇怪的是，這些照片和影片居然是透過簡若荷本人的帳號所發送！

「哇，太誇張了吧，你們看見了嗎？」北野晴海一邊滑著手機，一邊大聲嚷嚷地走進教室。

「不想看，傷眼。」走在他身旁的紀青岑，態度倒是一貫的冷漠。

「這是怎麼回事？」蘇雨菡聲音顫抖。

「我們剛從導師辦公室回來。」北野晴海露出溫柔的微笑。

「老師說，簡若荷已經辦好轉學手續了。」紀青岑接著說。

全班同學面面相覷，這下子誰在背後操控一切很清楚了，大家不敢出聲，默默收起手機，繼續做自己手邊的事情。

北野晴海和紀青岑用這種方式警告大家，永遠別想和他們作對。他們的確無法隻手遮天，或許也沒辦法囂張太久，不過能做到這種程度也足夠嚇人了。

由於早上發生的事太過衝擊，蘇雨菡決定蹺掉第一節社團課，和北野晴海、紀青岑找個地方好好聊聊。

「你們是怎麼做到的？」

三人來到校園林蔭大道旁的長椅坐下，儘管這邊離網球場很近，但隔著網子與樹叢，在場上活動的網球社社員基本上不太會留意到他們。

「我們花了一點時間，動用人脈拿到那些照片和影片，主要是薛易成有認識的朋友在簡若荷之前的學校。她在上一間學校惹出很多事，也得罪了很多人，在那裡待不下去才會轉學。我們昨天晚上去找她，請她今天七點半把照片和影片傳到班級群組，然後離開青海高中。」

「她怎麼可能會乖乖聽話？」蘇雨菡不敢相信。

「事實上她就是照做了呀。」紀青岑說。

「為什麼？曝光那些對她很不利……」

「因為她有其他更不想曝光的東西。」北野晴海笑著點開手機裡的隱藏資料夾，裡面是簡若荷各種不堪入目的影片。

「所以絕對不要亂拍照片或影片。」紀青岑冷笑。

蘇雨菡推開手機，不想再看。

「只要拍下照片或影片，就可能會遭到有心人士利用。」北野晴海果斷地刪掉資料夾，「我已經對她很好了，僅僅要求她公開那些無關緊要的照片和影片，同時我幫她安排的學校也很不錯，總而言之，這對她來說是筆划算的交易。」

紀青岑注意到蘇雨菡雙手緊握成拳，便伸手過去包覆住她其中一隻手。

「妳該不會在可憐她吧？她對妳說了這麼多過分的話，甚至還說我們很噁心……明明她做過的那些事更噁心。」

「是啊，我們之間可是純純的愛呢。」北野晴海輕輕掰開蘇雨菡的拳頭，與她另一隻手十指交纏。

「嗯，我不會心軟的，只是……我以爲我和她是好朋友……」

「就說雨菡妳太天眞了，妳要學會狠心一點、自私一點。」紀青岑不以爲然道。

「沒錯，妳要對所有外來者都保持戒心，只有我和青岑不會背叛妳，其他人都有可能會傷害妳，懂嗎？」

「謝謝你們爲我做的一切，可是假如你們一直待在我身邊，我就會永遠這麼天眞。」蘇雨菡回握住他們的手，「無論是黃靜佳、陳語雯還是簡若荷，你們總是會在我受傷之前，搶先讓我避開危險，卻又叫我不要太天眞。你們過度的保護，是扼殺我成長的毒藥。」

北野晴海和紀青岑互看一眼，似乎理解了蘇雨菡想說什麼。

「我們會永遠在妳身邊，妳永遠這麼天眞也不要緊。」然而北野晴海無意做出改變。

「晴海，我們討論過的，長久這樣下去，對她確實不好。」

「是啊，晴海。我愛你們，可是我們也需要擁有各自的生活圈，不是嗎？」蘇雨菡用力握緊他們的手，「我們高二別再同班了，這樣對我們比較好。」

「如果不同班，妳不再愛我了呢？」

北野晴海會說出這樣的話，蘇雨菡始料未及，就連紀青岑聞言也皺起了眉毛。

「你怎麼會有這種想法？」蘇雨菡不解。

「因爲妳……一開始就……」向來天不怕地不怕的北野晴海，此時的嗓音竟然隱含顫抖。

「晴海，我會永遠愛你。」蘇雨菡見狀立刻鬆開握著紀青岑的那隻手，雙手緊緊抱住北野晴海，「我這麼平凡無趣，還是個天眞的笨蛋，你會一直愛著這樣的我嗎？」

「那些又不重要，我愛妳是因爲妳是蘇雨菡，妳就是妳。」北野晴海也緊緊抱住她。

「我的想法跟你一樣。」蘇雨菡哽咽道，回過頭望向一臉像是被拋下的紀青岑，「青岑也是，你們都對我很重要，這份感情不會因爲距離、時間或是分班而改變。」

「嗯。」紀青岑也上前抱住了蘇雨菡。

「我明白了，我會和邱淨說，我們三個高二不需要同班。」

「謝謝你，晴海。」蘇雨菡由衷感謝。

三人談妥後，便各自前往社團。蘇雨菡這時候才注意到阿胖學長打了幾通電話給她，眼看攝影社的社團教室已經近在眼前，她就沒有特意回電。

當她抵達教室，只見裡面的人各個面色凝重，氣氛頗爲尷尬。

「發生什麼事了？」蘇雨菡問阿胖學長。

「剛才……呃，潘呈娜學姊來了……」

「她不是每次都會來嗎？那她現在人在哪裡？」蘇雨菡邊說邊東張西望，卻發現不僅潘呈娜不在教室，方馥紘和田箴同樣也不見人影。

同時她也想起，潘呈娜至今仍沒有讀取她昨天傳過去的訊息，她忽然有股不祥的預感。

「潘呈娜學姊帶了男朋友過來，說是要介紹給大家認識，然後馥紘學姊莫名其妙就哭了。潘呈娜學姊又說自己本來就是雙性戀，馥紘學姊聽了就跑出教室，田箴也跟著追出去。」阿胖學長嘆了一口氣，「這是怎麼回事啊？」

「那潘呈娜學姊呢？」蘇雨菡連忙又問。

「她帶著她男朋友離開了。」另一名社員接話。

「我去找他們。」蘇雨菡焦急不已，說完便急忙跑出社團教室。

她打了幾通電話給潘呈娜，然而無人接聽，她轉而撥給田箴，幸好對方接起了。

「蘇雨菡，我在籃球場。」田箴乾脆地報出自己的位置。

「你和馥紘學姊在一起嗎？」

「沒有，就我一個。」田箴很短促地笑了聲，「我有話想跟妳說。」

「我也有。」蘇雨菡十分生氣，掛掉電話後飛奔至籃球場，她遠遠就瞧見田箴坐在一旁的看臺，神情鬱鬱寡歡，似乎懷著滿腹心事。

「田箴，你昨天打電話給潘呈娜學姊說了什麼？」蘇雨菡開門見山問道。

「潘呈娜學姊好像聽不懂我的意思，所以我打電話跟她再說一次。」田箴連看都沒有看蘇雨菡一眼。

接著，田箴面無表情地把他與潘呈娜的通話內容轉述一遍。

「學姊，我一個人告白怕尷尬，才自作主張約妳一起到場，另外當然也是想請兩位學姊吃頓飯，感謝妳們這一年來的照顧。」田箴說話的語氣彬彬有禮。

「這又沒什麼，你真的太客氣了。」潘呈娜笑著說。

「沒想到兩位學姊其實在交往……在妳們面前出糗了，真是不好意思。」

「你別這樣，不好意思的是我。田箴，謝謝你喜歡她，也謝謝你發現了她的優點。」潘呈娜情緒很高昂，她其實更感謝田箴的告白促使方馥紘承認了自己。

「不過，學姊妳們之後要怎麼辦？」田箴話鋒一轉，「遠距離戀愛應該會很辛苦吧。」

「沒有遠距離啊，我們說好要讀同一所大學，就算不同大學也沒關係，哪裡都很……」

「咦？學姊不知道馥絃學姊要出國留學嗎？」田箴故作驚訝。

「啊？」潘呈娜愣住了，她完全不曉得這件事。

「那天週末去看攝影展的時候，馥絃學姊跟我們說的啊，她連學校都已經申請好了。祝福妳們遠距離戀愛順利，現在同婚法案通過了，未來妳們若是舉辦婚宴，一定要發喜帖給我。」田箴說完這些，便找了個理由掛斷電話。

「你爲什麼要做這種事？馥絃學姊還沒跟潘呈娜學姊說，一定有她的用意！爲什麼你要這麼雞婆？」蘇雨菡大喊，「我原本還以爲你告白是爲了不讓自己留下遺憾……結果你……」

「哼，我告白是想暗示潘呈娜，方馥絃快要出國了，我想讓她們因此分手，這才是我的目的！」田箴倏地站起，失控地朝蘇雨菡咆哮。

他的面容糾結又痛苦，雙眼充滿血絲，「我從來不曉得自己是這樣的人，我想要她們痛苦……我分明並不反對同性戀愛，可是爲什麼我會這麼生氣？爲什麼我會覺得被背叛了？」

「田箴，你……」

「為什麼要讓我知道這些事？倘若我永遠不知道就好了！蘇雨菡，都是妳的錯，是妳害我變成這種可怕的人！」田箴把所有的過錯都推到蘇雨菡身上，彷彿這樣就能合理化他的所作所為，就能把懊悔一併掃出內心。

「田箴，你真可悲。」蘇雨菡咬著下唇，擠出這句話。

簡若荷自作主張告訴田箴這些事，是她的錯嗎？簡若荷像過街老鼠般被趕出學校，是她的錯嗎？

「不是妳的錯，妳永遠都不會有錯。」

「是啊，雨菡，都是他們的錯。」

她似乎可以聽見，北野晴海和紀青岑在知情後，會對她說出什麼樣的話、做出什麼樣的舉動。

他們會牽住她的手、摟著她的肩、親吻她的唇，告訴她無論發生什麼事，都不是她的錯；無論遭遇什麼困境，他們都會幫她解決。

北野晴海和紀青岑總是透過如此畸形又扭曲的方式保護著她，就算因此毀了別人也無所謂，只要她不受傷就好。

「那不是我的錯。」蘇雨菡站直了身體，堅定地開口。

「妳……」田箴雙目圓睜，像是要暴起揍人似的。

「在你想對我做出任何事之前，先想想我背後有誰。」蘇雨菡往後退開一步，抬起下巴，一副無所畏懼的樣子。

田箴停下動作，「靠男人撐腰，能撐多久？他們會挺妳多久？他們總有一天會拋棄妳！」

這句話毫無根據，卻對蘇雨菡殺傷力十足，然而她的表情沒有波動，她不能讓田箴知道自己被傷害了。

「田箴，你講話也太難聽了吧。」一個雙手提著兩大袋垃圾往回收場走的女孩經過，因路見不平而忍不住插話。

「顏允茵，不關妳的事……」田箴不客氣地回嘴，隨後瞧見走在顏允茵後面的另一個男孩。

「老師說等一下要開班會，社團活動結束以後記得回教室。」男孩伸手接過顏允茵手中的一袋垃圾。

「我自己拿就可以了，庾岷，不用你多管閒事，也不需要對班上同學這麼有責任感。」顏允茵皺眉，瞥了蘇雨菡一眼，便頭也不回地離開。

蘇雨菡盯著顏允莒高䠷帥氣的背影，想起剛才她幫自己說話的模樣，不由得彎了彎嘴角。

顏允莒那句話，讓她感覺像是在溺水時抓住一根浮木。

除了北野晴海、紀青岑以外，還有人願意幫她說話，而且是同性的人。

「田箴，我們走吧。」庾岷仍站在原地，「差不多要開班會了。」

「……知道了。」田箴轉身跟著庾岷返回教室。

蘇雨菡陷入了沉思，蘇雨菡咬著下唇，在看臺上坐下，嘆了一口長氣。

爲什麼潘呈娜一得知方馥紘要出國念書，就決定要分手呢？

驀地，她注意到一個穿便服的年輕男人從籃球場旁走出來，他染著一頭紅髮，顯得格外引人注目。

他是……

蘇雨菡起身想追上他，但是對方早一步從後門走出去，她只能望著那人坐上一輛計程車離開。

「雨菡，妳怎麼會在這？」潘呈娜從蘇雨菡身後走過來，臉色很不好看。

「剛剛……」蘇雨菡搖了搖頭，那個男人現在一點都不重要，「小胖學長跟我說妳今天帶男朋友過來社團，這到底是怎麼回事？」

「我本來打算當面跟妳說這件事，剛才從後門走出去那個就是我男朋友……」潘呈娜勉強撐起笑容，然而她話才說到一半，眼淚便已奪眶而出，「我還以爲，我和馥紘的這段祕密戀情終於得以撥雲見日……」

昨天晚上接到田箴電話後，潘呈娜馬上打電話向方馥紘確認，對方沒有否認，卻又說出國念書這件事還未眞正定案，她仍在猶豫。

方馥紘表示，她原本以爲要承認自己和潘呈娜交往、承認自己喜歡女生非常困難，所以當她的父母問她是否考慮出國留學時，她想著，也許前往思想更加開明的國家，能讓她變得更有勇氣。之後就可以光明正大地公開自己的性向，此外還可以學習她熱愛的攝影，怎麼想都是個很不錯的選擇。

那天田箴突然向方馥紘告白，方馥紘脫口說出自己喜歡的人是潘呈娜，這讓方馥紘發現，坦承自己的性向並沒有想像中困難。於是方馥紘改變了心意，覺得自己或許已經可以鼓起勇氣向父母坦白一切，然後留在臺灣念大學就好，不必特意出國。

聽到方馥紘這麼說，潘呈娜當下的確非常感動，也放下了心中的大石頭，可是在掛掉電話後，她心中卻有種說不上來的感覺。

她上網查了方馥紘申請的那間大學，發現那所學校十分優秀，方馥紘到了那裡眼界必定會更加開闊，對她未來的人生也會有很多有形與無形的助益。

潘呈娜猶豫了。

她花了一整個晚上思考，最後她撥了一通電話給好朋友，要他佯裝自己的男朋友。

後續的發展就是社團成員描述的那樣，潘呈娜帶著假男友來學校，並介紹給大家，潘呈娜還說今天就由她的男友擔任攝影人像模特兒。

當時方馥紘低聲問潘呈娜這是怎麼回事，而潘呈娜笑著回答，說自己本來就是雙性戀，同時她也向方馥紘道歉，宣稱她已經悄悄和男朋友交往好一陣子了。

聽到這裡，蘇雨菡不禁大聲說：「為什麼妳要說這種謊？馥紘學姊都說願意公開了，爲什麼妳還要騙她？」

「雨菡，妳沒見過馥紘的父母，他們絕對沒辦法接受女兒是同性戀。我以朋友的身分去她家玩過好幾次，她的爸媽保守又古板，就連我穿露肚子的衣服都會被他們念。妳可能會說，只要堅持下去，終究能獲得父母的認同……但有些父母就是永遠不會允許子女走在他們無法接受的道路上。」潘呈娜眼神充滿絕望，「就算他們有一天會同意好了，在抵達那一天前要花費多久時間？中間的過程又會多麼痛苦？那些來自父母的期待、壓力、逼迫、言語暴力，比什麼都讓人難受。」

潘呈娜用力搖頭，眼中的絕望漸漸退去，轉爲堅定。

「我很了解馥紘的個性，她一定會爲了我選擇不出國……可是我已經預見她頂撞父母後的下場。即便我二十歲了，在法律上成年了，我也沒辦法完全反抗父母，更何況是十八歲的她？我們的戀愛很美好、很幸福，然而青春期的戀愛有時候會變成人生成長的絆腳石，如果我真的喜歡她，不就應該讓她走向更好的未來嗎？

「人不都說有緣的話，以後會再相遇？我願意把希望放在很久以後的未來，等到我們都成爲了我們想成爲的那種人，或許我們會比現在更勇敢地相愛、更成熟地面對一切，她能反抗父母而不受傷，我也不會因爲奪去她可能的未來而內疚。」

蘇雨菡說不出任何話來反駁，潘呈娜想得很遠，而且不是完全沒有道理。因爲相愛，所以在一起——成年人的戀愛並不僅是這麼簡單，她在潘呈娜的身上理解了這一點。

「妳不要把我跟妳說的這些告訴馥紘，就讓她以爲我是個壞女人就好。」潘呈娜擠出一個難看的微笑，嘴角勾起的弧度卻維持不到幾秒就消失，最後她放聲大哭了起來。

蘇雨菡伸手抱住潘呈娜，這是她唯一能做的。

✦

這場風波就這樣落幕了，時間來到五月初，蘇雨菡的生日即將來臨。

在此之前，三人於週末見面時，蘇雨菡難得向北野晴海提出一個要求。

「我能指定和某些人同班嗎？」

「這個要求還眞是稀奇。」北野晴海挑眉。

一旁的紀青岑也被激起好奇心，「妳想跟誰同班？」

「顏允莒和庾岷，他們現在應該和田箴同班。」

「妳認識他們嗎？爲什麼想和他們同班？」紀青岑問。

蘇雨菡便把那天顏允莒挺身而出、替她說話的事大致說了一遍。北野晴海有些不爽，嚷嚷著想找田箴算帳，紀青岑反倒稱讚蘇雨菡長大了，會直接回嘴。

「我能成爲自己喜歡的模樣，都是多虧你們，謝謝，我眞的很愛你們。」

說完，蘇雨菡主動吻了北野晴海的唇，接著又吻了紀青岑。

「哇，雨菡眞的長大了呢。」北野晴海對於蘇雨菡主動獻吻感到非常滿意，揚起的笑容比平常更可愛。

紀青岑則摸著自己的嘴唇，臉頰微微泛紅。

「你們打算送我什麼禮物？」蘇雨菡好奇地問，他們兩個一直在等她滿十六歲，感覺像是有什麼重大的事要宣布。

「不行啦，時間還沒到。」北野晴海很堅持。

「或許我們可以先透露一點？」紀青岑提議。

「拜託，明天就是我的生日了。」蘇雨菡雙手合十。

北野晴海卻說：「明天請妳爸媽幫妳跟老師請假，我們約在青岑他家樓下集合。」

「請假？我要用什麼理由讓我爸媽幫我請假？」蘇雨菡馬上搖頭。

「對啊，這太難了，雨菡是乖孩子耶。」紀青岑幫腔。

「她不可能一直是乖孩子，總有一天會傷父母的心，她的所作所爲一定不會永遠符合他們的期望。」北野晴海的話聽起來像在打禪機。

「那也沒必要現在就惹她父母傷心吧。」紀青岑頓了頓，「要不還是直接蹺課吧。」

「你說得對。」北野晴海嘆了一口大氣，「我是怎麼了，居然會提出這個計畫，我們就應該直接蹺課！可能是我太興奮了吧，腦子都糊塗了。」

紀青岑忍不住笑出來，他認同地點點頭。

不過，他能理解北野晴海的興奮，因爲他也一樣。

他們等待這一天，已經等得太久了。

「所以明天我不去學校，直接去青岑家嗎？」

「其實我覺得晴海家比較好，但明天不方便去他家，眞可惜。」紀青岑邊說邊拿出手機，把他家的地址發送給蘇雨菡。

「我知道你家在哪啦。」

「嗯，但我還是想自己告訴妳一次。」紀青岑微微一笑，笑裡明顯帶著促狹的意味。

自從三個人開始交往後，他們從沒去過紀青岑家，蘇雨菡會知道紀青岑家在哪裡，是因爲她國中時曾經跟蹤過他。

回想起這段往事，蘇雨菡的臉頰逐漸脹紅。

「妳當然知道他家在哪啊，跟蹤狂蘇雨菡小姐。」北野晴海逗她。

「唉唷，好了啦！」蘇雨菡又羞又惱。

作爲安撫，兩個男生笑嘻嘻地一起抱住了她。

北野晴海身上總是帶著陽光與海洋的味道，而紀青岑身上的味道則如同青草般清新。

偶爾蘇雨菡會有種感覺，這兩個男生之間存在著只屬於他們的語言與祕密，就連她都無法介入。

第七章

出生在青海集團，注定了北野晴海的一生將會順遂且富足，只是身爲集團的繼承者之一，他需要背負極大的責任與危險。

北野天仁是青海集團中現任的掌權者，他的兄弟們總是虎視眈眈這個位子，希望自己的孩子能夠替代北野晴海，成爲青海集團下一任的掌權者。

北野秀蓉自從生下北野晴海後，就因爲身體狀況的關係而無法再生育，所以只要斬除北野晴海，就有機會讓其他人登上這個位置。

因此，北野秀蓉曾經主動向北野天仁提議，讓他再找個女人爲他生下孩子，萬一北野晴海不夠格或是無法繼承家業時，至少還有個備案。

不過北野秀蓉唯一的條件是——不能對那個女人產生感情。

北野天仁始終沒有正面回覆過她的提案，北野秀蓉十分焦急，卻也感到欣慰，她認爲這是北野天仁愛著她的證明。

從小就接受英才教育的北野晴海，天生資質優秀且領悟力很強，這使得他小小年紀便受到青海集團各個長輩的重視。

然而在他九歲那一年，家族中有人私下策畫了一起綁架，那一次北野晴海差點回不來。

他被人關在狹小黑暗的衣櫃裡整整七天，雙手反綁在身後，眼睛被矇起。他好幾度覺得快要無法呼吸，甚至還差點被自己的口水噎死，但他仍保持希望，相信自己會活下去，畢竟他可是青海集團的繼承人啊！

爸爸一定會來救他，媽媽一定也很擔心他，大家都在等他回去，所以他必須加油才行。

小小年紀的北野晴海，就是用這些想法堅持下去的。

直到某天，他聽到四周傳來一陣吵雜聲，還有槍聲響起，接著衣櫃的門被打開，外頭的光線照射進來，即便眼睛矇著黑布，他仍覺得刺眼。

「小朋友在這裡！醫護人員快過來！」

一雙溫暖的手抱住北野晴海，他終於獲救了。

幕後眞正的犯人是青海集團某位高層，她的兒子也具備繼承人資格，她動用娘家的黑道勢力對北野晴海下手。即使最後拿到贖金，綁匪依舊會按照原定計畫撕票，殺了北野晴海才是這起綁架的眞正目的。

被囚禁七天以來，綁匪沒有給過北野晴海任何食物，只偶爾施捨他幾口水，連大小便都只能在衣櫥裡完成。

被警方救出後，北野晴海在醫院休養了許久，他不僅身體虛弱，心靈也受到不小的創傷。

北野秀蓉和北野天仁來醫院探望過他幾次，但他們的反應卻不如北野晴海預料的激動。他本以爲媽媽會大哭，爸爸會用力抱緊他，並且稱讚他做得很好……然而沒有。

儘管他們確實很高興自己沒出意外，可是他們的反應就是和北野晴海想像中不太一樣，他無法明確講出差異，只覺得當時父母看起來怪怪的。

等到他出院回家後，才明白是怎麼回事。

一個與他年紀差不多大的男孩，穿著筆挺的小西裝，坐在客廳的沙發上。

「晴海，他是你的弟弟，紀青岑。」北野天仁爲他介紹。

北野晴海打量眼前的紀青岑，對方則從沙發上站起來，主動向北野晴海伸出手，「我們同年，我的生日是四月十二號，你是一月十二號，所以你是我的哥哥。」

紀青岑說話清楚又有條理，而站在一旁的北野秀蓉雙手環胸，滿臉怒容，紀青岑見到她的表情，肩膀微微一縮。

北野天仁見狀刻意咳了聲，北野秀蓉便收斂起自己的情緒，逕自轉身離開。

北野晴海暗忖，眼前的「弟弟」與自己同歲，那就表示爸爸是同時和媽媽與外面的女人發生關係，兩方還在差不多的時間懷孕，否則紀青岑不可能與他同年。

要不是這次他被綁架，也許紀青岑的存在還會被隱瞞好一陣子。

「我是晴海。」北野晴海也伸出手，微笑著自我介紹，「你媽媽姓紀嗎？」

「是的，我還配不上北野這個姓氏。」紀青岑貶低自己。

「不是配不上，讓你姓紀，是爲了你的安全，還有北野家的未來。」北野天仁絲毫不在意北野秀蓉的離去，「晴海，你經歷了這場綁架，應該更明白你對家族的某些人而言，是多麼礙眼的存在了吧？這一次你很勇敢，也很幸運地平安回來了，但是如果有一天你無法平安回來，青岑就會接替你的位置。」

北野天仁的話說得直白，北野晴海看著眼前面無表情的紀青岑，頓時覺得他和自己一樣，都只是北野家的人偶罷了。

「當然，你們都沒事是最好，有一件事你們一定要謹記在心。」北野天仁彎下腰，握起他們兩人的手，「青海集團是你們的，凡事你們都得一人一半，什麼都得互相分享，不能獨占任何東西或是任何人，這樣你們就不會產生貪念、不會傷害彼此，而會成爲彼此最重要的支柱，進而所向無敵，知道嗎？」

北野晴海和紀青岑其實聽不太懂，卻還是點了點頭，北野天仁的這段話，就這樣牢牢地刻在他們的腦袋裡。

「那爲什麼不讓青岑改姓北野？」北野晴海問。

「這是保障。青岑是我的兒子，這件事只有你們和你們的媽媽知道。」北野天仁站直身子，居高臨下地凝視著他們，「從今天起，你們對外只能宣稱彼此是好朋友，而且是可以分享一切的好朋友。記得，無論什麼東西都要一人一半。」

北野晴海與紀青岑互看一眼，懵懵懂懂的他們只能再次點頭應下。

後來，紀青岑從普通班轉進了北野晴海所在的資優班。北野晴海這下才知道，原來他和紀青岑一直都在同一所學校，然而他們在班上不曉得該如何相處，於是便裝作不認識彼此。

那時候的北野晴海還不會打架，也不是可以被稱作校園老大的料。在眾人眼裡，他只是一個富家子弟，有著爽朗又可愛的笑容、長相帥氣、成績優異，個性還很活潑，最近更因爲綁架事件，讓班上的同學都對他同情萬分，處處都順著他。

他們就讀的小學是菁英學校，除了官、富二代外，成績特別優異的孩子也能就學，紀青岑就是頂著這樣的名義入學。

在紀青岑轉班來以前，北野晴海的成績都維持在班級第一名，可是自從紀青岑來後，北野晴海就再也沒拿過第一。很多人幫北野晴海說話，說他剛歷劫歸來，還需要一點時間休養，因此成績尚未恢復原本的水準，才會讓紀青岑暫時位居上風。

不過這些事情反倒證明了，在紀青岑正式被北野天仁介紹給北野晴海前，紀青岑一直都在隱藏自己的成績實力。

有一些多事的公子哥爲了想討好北野晴海，加上紀青岑沒有勢力背景，於是開始找他的碴。

每當紀青岑被人找麻煩時，他總是會低著頭承受一切，甚至不會看北野晴海一眼。

他不求救，也不示弱。

多了一個手足對北野晴海來說沒什麼實質的感受，而北野秀蓉大概是因爲北野天仁的關係，除了偶爾表現出不滿外，並沒有太過明顯的反應。

況且，北野秀蓉確實也曾要北野天仁再生幾個孩子，現在的結果其實和當初她提出的建議一樣，只是北野天仁比北野秀蓉更超前部屬，導致她覺得臉上無光，同時也認爲自己被背叛了。

實際上，北野天仁這些年來除了支付所有紀青岑的養育費用，並且定期與他視訊通話外，與他的母親紀姿惠沒有任何接觸。兩人的談話內容永遠圍繞著紀青岑，幾乎不會聊起其他話題。

北野天仁和紀姿惠早在最初就說好了這只是一場交易，無涉情愛，由紀姿惠全權教導紀青岑，培育他成爲接班人、學習相關的事物。而他們母子倆所需的一切資源，都由青海集團無限制提供。

於是北野秀蓉不再執著於這一點，至少在北野天仁面前是如此。

所以北野晴海才會對紀青岑沒有什麼太多的想法，雖然有個替身存在有些令人不爽，可還不至於困擾到他。

尤其看著紀青岑被找麻煩，某方面來講，北野晴海還是有些優越感，這些行爲彷彿在提醒紀青岑就是個備胎，他永遠別想篡位。

這種情況持續了幾年，直到北野天仁希望兩位手足在學校以同學的身分多相處一些時間，便特意介入，讓學校高層安排他們繼續同班。

不清楚內幕的老師和學生們，都下意識地站在北野晴海這邊，升上四、五年級後，同學們對紀青岑的欺凌依舊繼續。小學生欺負人的手段並不激烈，頂多故意絆倒紀青岑或是不理採他、偶爾在他說話時故意嘲笑他……所以老師們勉強還能睜一隻眼，閉一隻眼。

然而導火線是五年級期中考的成績，紀青岑拿到了全校第一名，更是史無前例的全科滿分，北野晴海沒有放水，卻和紀青岑差了將近五十分。

老師們不由得正視起紀青岑的優異天賦，甚至討論是否和紀姿惠商量讓他跳級，這件事好巧不巧，正好被前往辦公室的郭子宏聽見了。

郭子宏來自臺灣最大的船運公司家族，勢力與財力也是一等一，當時郭家正在和青海集團談合作，可同時有另一個強大的國外競爭者。郭家的長輩特意叮嚀和北野晴海同班的郭子宏好好表現，看有沒有機會讓北野晴海在家裡幫他們說點好話。

郭子宏覺得這是個好機會，回到教室立刻召集好幾名小跟班，想給紀青岑一個下馬威。紀青岑正坐在座位上乖乖看書，郭子宏率領那群小跟班大搖大擺地走了過去，一腳踢翻紀青岑的桌子。

課桌倒地發出劇烈聲響，班上所有人都嚇了一跳，正在和朋友聊天的北野晴海也愣住了。

紀青岑的目光從書本抬起，移向眼前的郭子宏。

「喂，考了好幾年的第一名，很囂張啊！」感受到眾人的注目，郭子宏難掩興奮，「你這麼努力念書幹麼？想翻轉社會階層嗎？無論你再怎麼優秀，以後也都是在我們底下做事啊，眞是可悲！」

班上幾個人聞言都笑了起來，另一些人則皺了皺眉，但他們的家世背景比不上郭子宏等人，所以也沒膽子上前阻止。

郭子宏喜歡這種高人一等的感覺，他開始想像，自己以後和北野晴海成爲好朋友的未來。

「我不懂我成績好，和你來找我麻煩有什麼關係？你之前連班排名都沒有前十，我應該沒有礙到你吧。」這次或許是郭子宏太過分，又或是剛好忍耐到了極限，一直以來都不會反抗的紀青岑反抗了。

沒料到他會回嘴的郭子宏一愣，連忙環顧四周，其他人似乎都在等待他的反應，他回過神來便動手推了紀青岑一把。

「你知道我爸是誰嗎？你敢對我這樣說話！」

那你又知道他爸是誰嗎？在一旁的北野晴海忍不住這麼想，紀青岑完全可以這樣回覆對方。

然而紀青岑卻沒有，他只是站起來，把手上拿著的書放到椅子上。

「你爸是誰一點都不重要。」語畢，他也用力推了郭子宏一把。

這一推讓郭子宏整個人往後跌，一屁股撞倒了另一張課桌，而紀青岑則彎腰扶起自己的桌子，坐回原位繼續看書。

「你居然敢推我！」郭子宏從地上爬起，忍受不了眾人彷彿隱含嘲笑的眼神，舉起拳頭奮力衝向紀青岑。

北野晴海倏地擋在紀青岑前面，那一拳便結結實實地打在北野晴海的臉上，圍觀群眾爆出驚呼，就連紀青岑也嚇了一跳。

「啊！晴海！對不起！我不是故意要打你……」郭子宏馬上道歉。

北野晴海一點也不覺得疼痛。

在遭到綁架的那幾天裡，他的身心靈都受到強烈的摧殘，導致現在一般事物基本上不會讓他感到害怕，他對疼痛的耐受力也提高很多。而且在那之後，他和紀青岑都會固定一起學習防身術。

北野晴海不明白，紀青岑爲什麼不還手，爲什麼不講出他的身世……雖然這是祕密，可是遭遇這樣的挑釁，無論如何都會想回嘴吧？

「你爲什麼找他麻煩？」北野晴海笑著問。

「我、我是因爲……因爲他考第一名……」郭子宏呑呑吐吐道，下意識地縮了縮肩膀。

見到郭子宏這副模樣，北野晴海感到十分新奇。一直以來他都待人和善，跟大家都相處得很好，原來當他表現得不那麼和善時，別人會對他產生畏懼？或者別人畏懼的是北野家？

「他考第一名有影響到你嗎？」北野晴海往前踏出一步。

「沒、沒有，但是影響到你……」郭子宏則退了一步。

「喔？你在幫我出氣？所以你覺得我很可憐？」北野晴海又往前邁步。

「不是！我怎麼敢……」郭子宏連連搖手。

北野晴海用力踢開一旁的課桌，那張課桌的主人驚叫出聲，全班同學都不自覺繃緊神經。

「以後，不要擅自爲我作主。」北野晴海冷聲道，而後轉身走出教室。

郭子宏嚇得只差沒尿褲子，惹怒了北野晴海，他們家的這筆生意還有辦法成交嗎……

紀青岑看著北野晴海離開的背影，原本要追出去，思考過後，他選擇低下頭繼續看書，不過他的嘴角浮現了一絲笑容。

放學後，紀青岑回到家時，發現北野晴海站在他家樓下，一輛豪華轎車就停在旁邊。

「你怎麼……」紀青岑十分訝異。

「你家住在這？挺不錯的啊，爸贊助的？」

「嗯，對不起。」

「對不起什麼？」北野晴海皺眉，偏頭和司機說自己要和紀青岑上去一趟。

「我媽在家。」紀青岑趕緊說。

「會怎麼樣嗎？」

「是不會……」紀青岑要樓下警衛先通知紀姿惠，北野晴海來了。

兩人一抵達紀青岑位於高樓層的住家，就看見紀姿惠有些緊張地站在門口。

「媽。」紀青岑喊道。

「阿姨好。」北野晴海也向她打招呼。

讓紀姿惠有些彆扭，但仍扯出了一抹笑容，「進來坐吧。」

紀姿惠留著一頭清湯掛麵的短髮，臉上脂粉未施，與北野秀蓉雍容威嚴的模樣截然不同，她就像是個隨處可見的平凡女人。

「我房間在這裡。」紀青岑招呼北野晴海進到他的房間。

房間裡頭擺放著雙人床、遊樂器和電視，牆邊有一大面書櫃和一張書桌，看得出來紀青岑非常用功，櫃子上的自修講義甚至都到了國三的程度。

「你們家挺大的。」北野晴海很快做出判斷，除了客廳、廚房以及紀青岑母子各自的房間，這間房子似乎還有另外兩個房間。

「嗯，在金錢方面你爸沒虧待過我們。」

「我從很久以前就想問了。」北野晴海把書包放到椅子上，轉過頭看著他，「爲什麼你要在我們之間畫出界線？」

「因爲我是你爸在外面生的孩子。」紀青岑低聲說。

「有差嗎？爲什麼要說『我爸』？他也是你爸啊！而且爸一直要我們什麼東西都一人一半，我不太清楚那是什麼意思，不可能所有東西都一人一半啊！」

「爸的意思應該是……我們要彼此幫助，唯有所有東西都互相分享，才不會因貪欲而產生內鬥。」

北野晴海驀地想起那些張牙舞爪的親戚，他們總是喊著自己持股多少、該分到多少利潤，又想起綁架他的那個女人，口口聲聲說她老公的排行明明就在北野天仁前面，爲什麼最後是由北野天仁繼承大位？

倘若一開始就做到公平均分，每個人拿到的財富利益都是均等的，如今青海集團裡的眾多家族成員是不是就不會各懷異心？

「大概吧。」北野晴海聳肩，「你這幾年爲什麼要乖乖被欺負？」

「這沒什麼大不了的，我一點也不在乎。」紀青岑冷笑，那些才不算是欺負。

「如果是這樣，你今天怎麼突然想反抗了？」

「因爲郭子宏和其他人不同。」紀青岑從書桌的抽屜拿出一張報紙交給他，「你看，這是郭子宏他家的新聞。」

上頭寫的是郭家的船運公司正與青海集團商議合作，計畫拓展新的航道路線，然而同時有外國船運公司也正在爭取那條航線。

「他是爲了討好你，才來找我麻煩。」

「這有什麼不一樣嗎？」

「當然不一樣，他這麼做是想替家族牟取利益。」紀青岑雙手叉腰，「這是賄絡。」

瞧他人小鬼大講得如此頭頭是道，北野晴海忍不住大笑。

他的笑聲被端著茶點站在門外的紀姿惠聽見了，雖然有些訝異，她還是甚感欣慰。儘管北野晴海和紀青岑同父異母，總歸是血脈相連的兄弟，兩人能相處愉快，比什麼都讓紀姿惠放心。

北野天仁是她的大學學長，她曾經非常崇拜他，多年後再次偶遇，她家遭逢巨變，欠了一堆債務。她差點就要跟著父母的腳步步入黃泉，是北野天仁幫她還清債務，但他卻對她提出一項要求——爲他生下一個孩子。

他會無條件投注金錢與資源在這個孩子身上，紀姿惠只需要好好養育他、教導他，讓他有朝一日足以成爲青海集團的接班人。

紀姿惠當然也有過擔心，如果哪天紀青岑的身世曝光，北野秀蓉容不下紀青岑怎麼辦？北野晴海會不會欺負紀青岑？聰慧的她看得很清楚，北野天仁把紀青岑視作備胎，而北野秀蓉母子應該不會樂於知道這個備胎的存在。

所以當北野晴海被綁架後，北野天仁決定把紀青岑帶到北野秀蓉和北野晴海面前時，她非常憂心忡忡。

直到現在看見兩個孩子處得不錯，她才放下心中的大石頭。

她吸吸鼻子，空出一隻手輕輕敲了敲門。

過來開門的是紀青岑，紀姿惠端著茶點走進房裡，「來吃點心吧。」

「謝謝阿姨。」北野晴海禮貌地道謝。

紀姿惠將一盒香草冰淇淋、一盒巧克力冰淇淋，以及兩種不同口味的甜甜圈放到桌上，「我用刀子把甜甜圈切成兩半，你們就一人一半吧，這樣你們兩種口味都能夠吃到。」

「一人一半。」

北野晴海與紀青岑聽見這四個字時，不由得互看一眼。

「冰淇淋就沒辦法一人一半了。」紀青岑說。

「沒關係，我不喜歡巧克力。」

「正好，我不喜歡香草。」紀青岑望著北野晴海，兩個人都笑了，「會有人喜歡巧克力和香草綜合口味嗎？」

「有吧，應該不少。」北野晴海撕開冰淇淋上面的包裝，「我們說好，從今以後什麼東西都一人一半吧？」

「嗯。」

「所有我們珍視的、喜愛的，全部一人一半，若沒辦法一人一半，那就都不要了，好嗎？」

「好，這樣最好。」

北野晴海和紀青岑許下了這樣的約定。

他們聽從了北野天仁的吩咐，也透過這個約定，維持兩人之間的平衡。

✦

從那天起，兩人的關係親近不少，但是在學校他們仍舊保持著距離，畢竟北野天仁說了，紀青岑是「備案」，而備案的存在不能讓太多人知道。不過也由於那天北野晴海的發飆，學校裡沒人再找紀青岑麻煩。

最後青海集團還是選擇與郭家簽約，北野晴海並未因爲看不慣郭子宏幼稚的討好行徑，而在父親面前多言。

就這樣，紀青岑和北野晴海度過了平靜的小學生活，並且升上了同一所國中。在北野晴海的要求下，他們這次沒有就讀菁英私校，也沒分在同一班，繼續保持著看似沒有交集的校園生活。私底下，他們時常互傳簡訊，對彼此的近況都很瞭解。

進入國中後，一開始北野晴海的形象和小學時一樣，陽光開朗，交友廣闊，紀青岑也仍舊是個不多話的優等生。

隨著年齡增長，國中生的心機比小學生深沉得多了，虛榮心更重，也更愛攀比，不少野心勃勃或是毫無自知之明的富二代，開始會想找北野晴海的麻煩。他們心裡想著既然家族企業在商場上贏不了青海集團，那自己起碼能在學校滅滅北野晴海的威風。

「欸，聽說你以前被綁架過啊？」

某天北野晴海與朋友經過走廊，幾個男生靠在牆上竊笑，領頭者出聲。

「你說這種話是什麼意思？」北野晴海身邊的人回應。

「我是在讚嘆耶！只有眞正的有錢人才會被綁架……而且還是自家人動的手，對吧？看樣子叱吒商場的家族有很多黑暗面喔。」

北野晴海微微一笑，看著眼前的男孩，「你是國三的郭嘉銘吧？你們家族還眞是一脈相傳，你堂弟郭子宏小學也找過我麻煩。」

郭嘉銘的身材比北野晴海高大許多，他走上前來，眼神充滿挑釁。

「我和我那個沒種的堂弟可不一樣。」

北野晴海聳肩，「當然不一樣，你的老爸不爭氣，才會讓弟弟的兒子郭子宏內定爲第一順位的繼承者。」

郭嘉銘氣得臉紅脖子粗，握拳就往北野晴海的臉上揍去，北野晴海不躲不避，準備等對方靠近就把他過肩摔。

結果紀青岑不知道從哪裡跑出來，幫他接下了那一拳，當場被打得鼻血噴出。

「靠！」北野晴海叫了聲，立刻扶住紀青岑。

郭嘉銘倒是一點都不在意，畢竟紀青岑只是個成績優異、家世很普通的學生，誤打傷他也沒什麼。

郭嘉銘朝北野晴海再度出拳，這一次北野晴海抓住了郭嘉銘的手腕，用力一扭，把郭嘉銘重重摔在地上。

郭嘉銘痛喊出聲，眼淚都被逼了出來，其他學生們趕緊喊來教官，將他送上擔架帶開。

「你爲什麼要打他？」老師客氣地詢問北野晴海，絲毫不敢得罪他，誰叫北野天仁捐給學校一大筆錢。

北野晴海把情況大致說了一遍，有些不滿地望著鼻血仍未止住卻被留在老師辦公室的紀青岑，「他也該去保健室一趟。」

「啊，我想再問他一些事……」

「他是受害者，還被郭嘉銘打了，現在居然要留在這裡被拷問？」北野晴海十分不悅，連帶音量也大了起來。

老師只好擺擺手，讓人把紀青岑送去保健室。

「不用了，我陪他去就好。」北野晴海二話不說抬起紀青岑的手臂放在自己的肩上，邁開步伐。

「你不用這麼做。」直到離開老師辦公室後，紀青岑才開口。

「你也不用那麼做。」北野晴海有些惱火，「爲什麼要挨那一拳？你也學過防身術，那種漏洞百出的攻擊你明明可以輕鬆檔下，要反擊更是容易。」

「國小的時候你也幫過我，這是禮尚往來。」鼻孔塞著兩條衛生紙的紀青岑笑了，「況且如果我動手打郭家海運的人，會出麻煩的。」

聽到他這麼說，不知怎麼的，北野晴海忽然覺得有點抱歉。

但他很快地從剛才老師的反應悟出一個道理，倘若北野晴海犯錯，他不會受到立即的懲罰，就算這錯誤傳到北野天仁的耳中，也有很高的機率小事化無。

「那以後打人就交給我吧。」於是北野晴海這麼提議，「我發現自己滿會打架的，而且大家也會看在北野家的『面子』上『不計較』，所以優等生那種白面角色就交給你，我就當黑面吧。」

紀青岑瞪大眼睛，「爲什麼，我們……」

「爸說過，我們要一人一半。」北野晴海低聲說，「我們一人負責一種面向，等我們長大後，才有辦法面對一切。」

「所以你要變成專門惹事的不良少年？」紀青岑皺眉。

「喔，當然不是，接班人還是得有一定知識水準才行。只是我會變得比較愛找麻煩，這樣別人就不會爲了討好我而來煩我。」北野晴海對這個想法十分滿意，「我也會盡力維護學校的和平，讓你不會因爲家世背景被當箭靶。」

紀青岑思索了一下，這些日子以來自己和北野晴海的確時常被找麻煩，或許這確實是個解決問題的好辦法，「試試看吧。」

就這樣，北野晴海開始時常打架鬧事，不過他絕對不會欺負弱小，薛易成就是在那個時候被北野晴海拯救。而那些被北野晴海打的人，大多都是仗勢欺人、欺負弱小的類型，挨打之後也明白自家的勢力與北野家相差甚遠，十之八九都選擇不繼續追究。

國中三年，他們一直保持這樣的生活方式，即便紀青岑一個禮拜會到北野晴海家裡三次，練習防身術、念書或是與北野晴海坐在庭院的廊台邊聊天，他們在學校依舊沒有任何交集。

一直到蘇雨菡的出現。

他們先是收到朋友通知，而後來到蘇雨菡班上，看著她纖瘦的背影，北野晴海難得生出幾分不忍，便制止群眾把事情鬧大，並且把蘇雨菡的名字記在心裡。

北野晴海有略微翻看那本筆記本，上面寫著許多對北野晴海的觀察，蘇雨菡的行徑確實有點像是跟蹤狂，北野晴海反倒覺得挺有趣的。

「他雖然很愛打架，可是都挑一些『壞人』打，他其實心地很善良。」

「北野，這個姓氏不知道會不會是他的枷鎖？」

「晴海，他的人也如同名字一樣溫暖，晴天的海邊能讓人感到療癒。」

「他也有煩惱吧？」

這些字句觸動了北野晴海的心，他開始留意起蘇雨菡，並花了一點時間調查她。

蘇雨菡是獨生女，家境小康，家庭背景很單純，沒什麼特別的地方。

他注意到黃靜佳偶爾還是會故意找蘇雨菡的麻煩，北野晴海看了覺得不爽，便弄走了她。

說是「弄走」，實際上北野家族將黃靜佳安排至另一間不錯的學校就讀，同時提供一定的金錢補償。拿到錢之後，黃靜佳的父母自然不會再有異議，同時也不會張揚，畢竟是自己的孩子有錯在先，況且北野家族的處置方式其實對他們一家很有利。

北野晴海持續觀察蘇雨菡，就像在觀察一隻特別有趣的小動物，有一天，他看見她在喝巧克力與香草口味的綜合奶昔。

他把這件事告訴紀青岑，對方點點頭後反問：「你覺得她怎麼樣？」

一開始北野晴海沒聽明白這句話的意思，只道：「她挺可愛的。」

接著他想起蘇雨菡在筆記本裡對他的評價，內心湧起一股甜意。

「我喜歡她，那你呢？」不料紀青岑卻這麼說。

北野晴海有些震驚，「爲什麼？你和她認識嗎？」

「不認識，但我就是喜歡她。」紀青岑望著北野晴海，「爸說，一人一半，是吧？」

北野晴海瞬間懂了，「一人一半」其中也包含喜歡的女人。

他們不能爲了任何人事物分化，否則必然將有旁人趁虛而入，唯有確保公平分享，他們才永遠不會有嫌隙，永遠不會爭吵。

「假如她不願意呢？」北野晴海問。

「那就不要。」紀青岑回。

這是第一次，北野晴海從他的眼中看到了近乎絕情的冷漠。

第八章

蘇雨菡今天就十六歲了，對於期待已久的十六歲生日，她感到十分緊張。

昨天晚上，紀青岑傳訊息告訴她計畫改變了，讓她還是照常來學校上課，等到下午第二堂課，紀青岑才硬是找了個校外出公差的名義，讓他們得以光明正大地背起書包離開教室。

「這時候優等生的頭銜就很好用了吧，我當初的提議是不是很棒？」北野晴海笑著打趣，紀青岑則聳聳肩。

三個人直接從學校大門走出去，蘇雨菡是第一次如此明目張膽地蹺課。

「我們直接去青岑家嗎？」她興奮地提問，她從來沒進去過紀青岑的家，只在外面看過。

「沒錯，我們等一下先叫好外送，在我家聊天吃飯，然後我們要告訴妳一些事。」紀青岑說。

「還要送妳禮物。」北野晴海補充，「你媽不會太早回來吧？」

「不會，她今天去外地出差。」紀青岑解釋，此時三人已經走到紀青岑居住的那棟大廈。

「這麼早放學啊？」警衛熱情地打招呼，紀青岑頷首。

「等一下會有外送，再麻煩請對方送上來喔！」北野晴海笑著說，警衛豎起拇指表示收到。

交代完畢後，三人走進電梯，蘇雨菡忽然沒來由地感到緊張。

電梯門開啓後，蘇雨菡發現這棟大廈每一層只有一戶，這讓她有些訝異。紀青岑既然能住在這樣豪華的地方，想必家世也不差，可她卻從來沒聽他提起過，此外紀青岑過去還曾經因爲背景普通而被找麻煩。

「我家今天沒人在，也不像晴海家裡有幫傭，所以很自由。」紀青岑打開大門。

紀青岑家位於十六樓，透過客廳大片的落地窗望出去，視線開闊，甚至還可以看見附近的河堤和遠處的一〇一大樓。

紀青岑家中的裝潢採簡約的北歐風格，處處收拾得井然有序。

「好漂亮啊！」蘇雨菡忍不住稱讚。

「我的房間在這。」紀青岑朝走廊走去，先經過一間用玻璃隔開的工作室，蘇雨菡猜測這大概是紀青岑媽媽在使用的空間。

北野晴海熟門熟路地去半開放式廚房拿了瓶飲料與三個杯子，放在托盤上拿到紀青岑的房裡。蘇雨菡見狀不禁笑出聲，平常都是別人在服侍北野晴海，難得北野晴海會做這種事。

「我基本上都在房間活動，不過家裡還有一間書房，我和我媽的藏書大部分都放在那裡，有時候我會在那邊看書。其他地方都是屬於我媽的空間，就不帶妳一一參觀了。」紀青岑解釋。

「沒問題呀，你們家真的好漂亮！」蘇雨菡環顧房內一圈，覺得整體陳設很有他的風格。

她拿起放在櫃子上的相框瞧了幾眼，裡頭擺著他們三個的合照。

「啊，我們三個是不是應該再拍一張合照？」北野晴海拉著蘇雨菡的手臂，跳上紀青岑的加大雙人床。

「哇！」蘇雨菡重心不穩，跌入北野晴海的懷中，她的臉蛋瞬間脹紅。

紀青岑拿起手機也坐到床邊，一手攬過蘇雨菡的肩膀。

從來沒有同時與北野晴海、紀青岑靠得這麼近的蘇雨菡，感覺自己的心臟快要爆炸了。

「來吧，我們來拍照。」紀青岑將手機鏡頭對準他們，按下快門。

拍完照之後，紀青岑鬆開攬著蘇雨菡的手，檢視那張照片，北野晴海沒放開蘇雨菡，反而壓在她的身上，手指捲著她的頭髮。

「晴海，我們說好先吃東西。」紀青岑出聲。

「我知道啦。」北野晴海滿臉惋惜，「不過外送怎麼還沒來？我出校門前就下訂了耶！」

叮咚——

「說到就到。」北野晴海拍了下大腿，起身走向大門。

「雨菡，我們去客廳吃吧。」紀青岑把手機收回口袋，跟著站起身。

「青岑……我、我起不來……」不料蘇雨菡卻嬌弱地開口。

聞言，紀青岑一愣，轉過頭見到她面紅耳赤地躺在床上。

紀青岑差點沒忍住衝動，他伸手拉了她的手臂，她的肌膚柔軟得像布丁，彷彿稍微用力一捏就會破。

「被晴海抱著就腳軟，妳等一下該怎麼辦？」

「咦？」蘇雨菡抬頭看著他，不懂這是什麼意思。

紀青岑輕輕一笑，而後牽著她的手往外走。

北野晴海正忙著打開裝著韓式炸雞的紙盒，見到他們兩個牽手走出來，便發出怪叫：「欸！你怎麼偷跑？不公平！」

「她剛才可是被你的擁抱弄到腳軟，沒有不公平吧！」紀青岑回嘴。

「喔，真的假的，腳軟？」北野晴海露出曖昧的笑容，「這樣等一下怎麼辦？」

「什麼叫做等一下怎麼辦？你們兩個今天講的話都好奇怪。」蘇雨菡皺著眉頭來到桌邊，「哇！好多口味啊！」

「對啊，多吃一點……不過也別吃太多。」北野晴海再度露出一抹欠揍的笑容。

「你們到底要跟我說什麼事？神神祕祕的，還非要等到我十六歲才告訴我……」蘇雨菡嘴裡不斷叨念，同時拿起蜂蜜口味的炸雞，津津有味地吃了起來。

醬汁沾染在她的唇上，看起來嬌嫩欲滴，模樣甚是可愛。

北野晴海上前，舔去她唇上的醬汁，這讓蘇雨呆住了，手上的炸雞還因此掉到桌面。

「晴海。」紀青岑皺眉。

「抱歉，我只是想，這很有可能是最後一次，就忍不住……」北野晴海趕緊退後幾步，搖頭道歉。

紀青岑凝視著他幾秒，接著繞過桌子走向還發著愣的蘇雨菡，舔了她另一邊的嘴唇。

「你們做什麼……」蘇雨菡紅著臉，這樣下去還要不要讓她吃炸雞啦。

「我們之前說過，除了我們各自十六歲生日那天外，每次其中一個人對妳做了什麼親密行爲，另一個人也要馬上跟進，這樣才公平。」

「我知道啦，但是也太突然了吧……我還在吃東西耶。」

北野晴海打開瓶裝可樂，倒了三杯，「也是啦，吃多一點，是我的錯。」

「終於等到妳十六歲，而且妳也和我們兩個交往一段時間了。」紀青岑回到對面的位子上坐下，正色道：「蘇雨菡，我們有話對妳說。」

見他們似乎要說一件很重要的事，蘇雨菡便趕緊坐好，並放下手中吃到一半的炸雞，拿起一旁的濕紙巾準備擦手。

「不用這樣，妳可以繼續吃，青岑也是，別太嚴肅了。」北野晴海提醒。

紀青岑深深吐出一口氣，爲了舒緩緊張的情緒，他還喝了口可樂，「妳想過我和晴海是什麼關係嗎？」

「想過，我很好奇你們是怎麼成爲朋友的。」

兩個人性格迥然不同，以前在學校也沒有交集，爲什麼會在她告白那天，要求她同時與他們交往？

兩個男生對看一眼，北野晴海說：「我們是同父異母的兄弟。」

蘇雨菡不由得瞪大了眼睛，她有些意外，卻又沒那麼意外。這麼說起來，那些不尋常的地方就都有了合理的解釋，像是他們之間似乎一直有種旁人難以介入的默契，以及北野秀蓉看見紀青岑時的反應……

「那爲什麼青岑姓紀？是因爲……」蘇雨菡不知道把話說完整會不會傷到紀青岑。

「妳想問什麼就問，不用顧忌。對北野家而言，青岑是必須被藏起來的『備案』。」北野晴海抓起一隻雞翅，咬了一口，把小時候遭遇的那場綁架，以及所有的前因後果都告訴蘇雨菡。

隨著他的訴說，紀青岑的思緒逐漸飄回那段過去的時光。

他從小就住在這間華麗的大房子，媽媽既溫柔又堅強，不管面對多麼困難的問題，她彷彿都有辦法解決。紀姿惠幾乎等於是獨自把紀青岑撫養長大，其實她也曾在半夜崩潰痛哭，然而在看見紀青岑的笑容後，又認爲一切犧牲都是值得的。

紀青岑想過，紀姿惠是否愛著北野天仁，雖然似乎沒有人在乎這一點。他唯一能確定的是，北野天仁是紀姿惠的救星，他在她人生最絕望的時候，給了她另外一條生路。

「這是你爸爸喔。」在紀青岑會說話後，紀姿惠時常拿著北野天仁一家人的照片給他看。

當時年紀尚幼的紀青岑不理解，爲什麼他的爸爸從來沒有來看過他，爲什麼照片上總是會有另一個女人和另一個男孩？

每一年生日，紀姿惠就會多告訴紀青岑一些事，比如她和北野天仁的約定、他的出生是爲了什麼、北野晴海的存在。

「所以妳生下我，並不是因爲愛我囉？」紀青岑七歲時，問出這個問題。

紀姿惠有些驚訝，更多的是自責，「我讓你產生那樣的感覺了嗎？」

紀青岑搖頭，他只是對自己的出生原因感到質疑。

「你是拯救我的救星，跟你爸爸一樣。而且你是我最寶貝的孩子，我當然愛你，希望你過得很好。但同時你也是北野晴海的手足，他如果發生意外，你就會成爲北野天仁唯一的繼承者。」

「那妳希望北野晴海出事嗎？」

紀姿惠沒有回答，只是微笑著抱緊紀青岑。

從母親口中得知自己的身世後，紀青岑就開始觀察北野晴海。從幼稚園開始，他和北野晴海始終就讀同一所學校。

小學一年級的北野晴海總是笑得陽光開朗，下課時間和一群朋友在操場上奔跑玩耍。

小學二年級，北野晴海在運動會中的某個田徑比賽上跑出第一名的成績，考試也拿下第一。他偶爾會聽見女生稱讚北野晴海長得很帥，簡直是十全十美。

小學三年級，紀姿惠要紀青岑在考試時發揮實力，讓北野晴海知道他的存在。若是可以，紀姿惠很希望，他們兩個就算沒有手足這層身分，也還能夠是好朋友。

然而，北野晴海有一天卻突然消失了。

新聞撲天蓋地報導著他被綁架的消息，而紀姿惠坐在偌大的客廳裡咬著指甲，死死盯著電視螢幕。

「媽媽……」紀青岑的聲音隱約顫抖，他覺得自己的人生好像要改變了。

當天晚上，紀姿惠就接到了北野天仁的電話。

隔天，一輛黑色轎車停在紀青岑家樓下的停車場。

紀姿惠頗爲緊張，但還是安撫紀青岑：「寶貝，沒事的，只是爸爸想見你了。」

「媽媽，我還可以回來嗎？」紀青岑忍不住哭了，他深怕這就是自己與母親的最後一面。

「當然可以，你是北野天仁的孩子，也是我的孩子，這是我和他的約定，你永遠都會是我的孩子。」紀姿惠堅定地說，並送紀青岑上了車。

北野天仁的住所意外地離紀姿惠母子的家不遠，紀青岑被帶到了占地廣闊的庭院，庭院除了各式精心修剪的植栽，還有假山造景與一座鯉魚池，整間宅邸氣派又豪華。

廊台坐著一個中年男人，雖然衣著休閒，卻氣度威嚴。

「青岑。」北野天仁開口，聲音略微沙啞，「你知道我是誰吧？」

穿著西裝的紀青岑點點頭，雙腳止不住顫抖，感覺有些呼吸困難。

「姿惠把你教得很好，你媽媽是個非常優秀的女人。」

「您……愛我媽媽嗎？」

北野天仁有些驚訝紀青岑問出這個問題，「果然還是孩子，在這方面，或許你還得多受點教育。」他笑了起來，「愛不是必要的，不過若你想要，我可以給。」

紀青岑低下頭，不發一語。

接著北野秀蓉出現，她神色憔悴，雙眼滿溢著痛苦，一見到紀青岑，她瞬間就猜到了他的身分。

「你——」北野秀蓉指著北野天仁怒斥，然而她只說了一個字就打住，隨後垂下了手，轉向紀青岑，冷冰冰地開口：「你幾歲了？」

「九歲。」

「跟晴海一樣……所以早在我無法再生育之前，你就先安排好了？」北野秀蓉質問北野天仁。

北野天仁沒有回答，只是平靜地看著她。

「你要放棄晴海了？」北野秀蓉的淚水從眼眶滑落，她兒子才剛被綁架兩天，北野天仁就迫不急待把另一個兒子帶回家了嗎？

「我不會放棄任何人。」北野天仁嗓音低沉，「所以也請妳收起情緒，身爲北野家的女主人，妳知道自己該做什麼。」

北野秀蓉深吸一口氣，她和北野天仁是商業聯姻，不過兩人算幸運，婚後能夠相愛一場。

同樣出身世家望族，北野秀蓉曉得怎樣才是得體的表現，所以她很快整理好情緒，望著眼前的紀青岑冷聲道：「過來。」

「是！」紀青岑幾乎是靠意志力支撐，才不至於緊張到昏過去，聞言他連忙脫掉鞋子，抬腳從廊台步入屋內。

「記住，他也是我的兒子。」北野天仁提醒。

「我知道，他是北野家的孩子。」北野秀蓉瞥了他一眼，便帶著紀青岑離開。

北野秀蓉領著紀青岑來到一間無人使用的房間，其中傢俱應有盡有，北野秀蓉打開燈，「以後這就是你的房間。」

「請問，我不能回家嗎？」紀青岑還想見到媽媽。

「找到晴海後，你就能回去了。」北野秀蓉冷笑，「你想回家嗎？」

「想，我當然想。」

「誰知道你這個備胎安著什麼心眼，反正只要晴海在，整個青海集團都會是他的。」北野秀蓉這番話乍聽頗爲過分，但她不過就是個剛得知老公有私生子、自己兒子還被綁架的可憐女人。

紀青岑垂著頭，默默承受著對方刻薄的言詞。

時間過去一個禮拜，期間紀青岑和紀姿惠通過幾次電話，每次兩個人都會講到哽咽，他們比任何人都希望北野晴海能夠早日平安歸來。

在豪奢的北海家中，紀青岑處處感受到自己的多餘，他只想當個平凡人，就算生在不富裕的家庭也無所謂，至少他不必每一頓晚餐都吃得膽顫心驚，嘴裡的飯菜猶如嚼蠟。

好幾次看見北野秀蓉在北野晴海的房間裡暗自垂淚，紀青岑心中總會泛起一絲難受的同情，想著自己的母親是不是也和她一樣，躲在他的房間哭泣。

後來終於傳來好消息——警方救出北野晴海了！

那陣子北野秀蓉與北野天仁時常前往醫院探望北野晴海，而紀青岑則開始期待回家的日子到來。

北野晴海出院前一晚，北野天仁來到他的房間，這是他們父子第一次單獨面對面交談。

「青岑，你有什麼話想說嗎？這是第一次，也是唯一一次可以讓你肆無忌憚說話的機會。」

儘管北野天仁長期在紀青岑的成長過程中缺席，然而紀姿惠時常指著照片中的北野天仁告訴他，那是他的爸爸，所以紀青岑對北野天仁的情感很複雜，或多或少仍抱持著一絲期待。

「我沒有什麼話想說。」紀青岑搖頭，「我想和媽媽在一起。」

「即便我答應過姿惠不會把你搶走，你依舊是我的兒子，是北野家的人。」北野天仁上前一步，將紀青岑攬入懷中。

出生至今，第一次感受到父親擁抱的紀青岑，忍不住在北野天仁的懷中大哭。

「你和晴海是平等的，他有的你也會有，只是對外晴海是北野家唯一的孩子，生在這樣的世家，你這樣的存在是必須的。我不期望你現在就明白我的意思，可是你要記住，有一天你會長大，並且明白這些事情。」

這些話紀青岑聽得似懂非懂，不過他大致明白北野天仁的意思。

北野晴海是光，他是影，儘管外人只能看見光，但光與影必須共存，相互依附。

隔天，北野晴海被接回家了。

一直以來，紀青岑都只能遠遠看著北野晴海，如今北野晴海離他不過幾步之遙。

紀青岑坐在沙發上，而剛進門的北野晴海身上彷彿還沾染著屋外燦爛的陽光。

「晴海，他是你的弟弟，紀青岑。」北野天仁跟著進屋，開口介紹。

紀青岑從沙發上跳起來，露出笑容，對北野晴海伸出手，「我們同年，我的生日是四月十二號，你是一月十二號，所以你是我的哥哥。」

他能看見北野晴海一臉狐疑，也能看見北野秀蓉站在後方露出不屑的神情。

北野晴海是聰明的孩子，他很快猜到這是怎麼回事，接著握住紀青岑伸過來的手，回以微笑，「我是晴海。你媽媽姓紀嗎？」

紀青岑覺得這話有些刺耳，於是自嘲道：「是的，我還配不上北野這個姓氏。」

這句話除了自嘲，同時也在嘲諷北野家。

「不是配不上，讓你姓紀，是為了你的安全，還有北野家的未來。」北野天仁出聲反駁，並告訴北野晴海未來若他遭逢意外，紀青岑就會取代他，接掌青海集團。

看見北野晴海垂下的眼眸，紀青岑忽然覺得對方也跟自己一樣可憐，他們同樣被扭曲變態的命運擺布，就因為他們身上流著北野家族的血液。此外北野晴海才剛經歷一場綁架，他幹麼要這麼幼稚和他較量呢？而且北野晴海好像真的沒有惡意……

後來，北野天仁叮囑他們，以後所有東西兩人都要共享，成為彼此最重要的支柱。

或許是對於北野晴海的同情，或許是體認到憑一己之力無法反抗北野天仁的安排，或許是在後來的相處中，北野晴海確實也很照顧自己，紀青岑逐漸對北野晴海生出一種比好朋友更深入、比兄弟更親密的情感。他開始讓自己的生活圍繞著北野晴海打轉，甚至對北野晴海產生依賴的情緒。

只要北野晴海高興，他就會高興。

只要北野晴海喜歡，他也會喜歡。

北野晴海說什麼，他就做什麼。

北野晴海是他的手足，是他的光，他一直追隨的人。

◆

升上國中後，北野晴海成爲校園裡的老大，紀青岑維持優等生人設，兩人在學校依舊表現出互不認識的樣子。

有一天，蘇雨菡出現在他的生活中。

起因是朋友把好幾張蘇雨菡筆記本的內頁照片傳給他看，上頭寫滿了蘇雨菡對他的觀察。

「第一名對紀青岑而言似乎很沉重。」

「感覺他有祕密，但每個人都有祕密吧。」

「希望他能開心地笑出來。」

「他總讓我想起月亮，如果北野晴海是海洋，那他就是影響潮汐的月亮。」

這些字句吸引了紀青岑，蘇雨菡筆下的文字寫著是他影響了北野晴海，而不是北野晴海影響了他，這樣的觀點對紀青岑來說是一種救贖。

在這個女孩的眼裡，他不是北野晴海的附屬，是影響海洋潮汐的月亮。

從此之後，紀青岑開始注意起蘇雨菡。

然而每次當他望著蘇雨菡的時候，經常發現北野晴海的目光也追隨著她。

他們該不會喜歡上同一個女孩吧？

紀青岑為此煩惱了好一段時間，直到某日，他在放學時經過公園，瞧見蘇雨菡站在一臺霜淇淋車前。

「老闆，我要一個綜合口味的，巧克力加香草。」

紀青岑愣愣地看著蘇雨菡手裡的霜淇淋，想起他和北野晴海在幾年前的對話。

「會有人喜歡巧克力和香草綜合口味嗎？」

「有吧，應該不少。我們說好，從今以後什麼東西都一人一半吧？」

「嗯。」

「所有我們珍視的、喜愛的，全部一人一半，若沒辦法一人一半，那就都不要了，好嗎？」

「好，這樣最好。」

如果未來他和北野晴海因為喜歡上同一個人而有了嫌隙，那才是最糟糕的事。

所以當北野晴海和他聊起蘇雨菡時，他開門見山表明自己的心意。

「我喜歡她，那你呢？」

「爲什麼?你和她認識嗎？」

「不認識，但我就是喜歡她。」紀青岑能看出北野晴海也對蘇雨菡動了心思，或許他們喜歡她的理由，都是因爲看了那本筆記本，「爸說，一人一半，是吧？」

北野晴海豁然開朗，「假如她不願意呢？」

「那就不要。」

一人一半，這是他們共同遵循的原則，要是無法共享，他們便會選擇放棄擁有。

所以兩人才會在蘇雨菡向紀青岑告白的時候，向她提出同時得喜歡他們兩個人的條件。

而蘇雨菡接受了。

於是三個人的交往開始了，他和北野晴海說好，爲求公平，也爲了不要產生嫌隙與猜忌，他們必須時刻都在一起。倘若不得不與蘇雨菡單獨相處，之後必須一五一十地告訴另一個人期間發生了什麼事。

兩人也達成共識，唯有在各自十六歲生日當天，才能獨占蘇雨菡的親吻，等到三個人都滿十六歲以後，他們才可以與蘇雨菡有更進一步的親密接觸。

同時，在蘇雨菡十六歲那天，他們會讓蘇雨菡得知兩人的身世祕密，如果她願意接受，那這輩子他們永遠不會離開蘇雨菡，也不會放她走。

「我們是同父異母的兄弟，這是北野家最大的祕密，妳是第一個知情的外人，這代表妳對我們很重要。」紀青岑抓住蘇雨菡的手。

蘇雨菡回握住他，由衷道：「辛苦你了。」

聞言，紀青岑的雙眼立刻蒙上一層霧氣，其實這些年來他並沒有感到委屈，可聽到這句話時，他還是不由得哽咽了。

「我和青岑的名字各有一個字，取自於青海集團。」北野晴海邊吃炸雞邊說，「這件事……應該不會改變我們的關係吧，雨菡？」

「當然不會，不過我終於明白，你們之間那種我無法插足的氛圍是怎麼回事了。」蘇雨菡語氣堅定，她是眞的認爲這沒什麼，「這個祕密，就是我的生日禮物是嗎？」

北野晴海和紀青岑對視了一眼，然後搖了搖頭。

「我們只是選在這天向妳坦白這件事，不算禮物。」

「這個做爲禮物就很好了呢，謝謝你們願意告訴我。」接收別人的祕密其實很沉重，但蘇雨菡卻感謝他們的坦誠。

「雨菡，妳了解剛剛那句話背後的意義嗎？」北野晴海拿起濕紙巾把手擦乾淨，慢條斯理地說：「那句『不會放妳走』，代表著往後即便妳不愛我們了，或是只愛我們其中一個，妳也不能離開我們，妳理解嗎？」

「晴海。」紀青岑冷著聲音警告他，說這種話是想嚇死蘇雨菡嗎？

「雨菡至少要有這樣的覺悟才行啊。」北野晴海不為所動，繼續凝視著蘇雨菡，他唇角勾起，「我們很愛妳，也永遠不會傷害妳，然而會不會囚禁妳就不一定了。如果妳覺得我們很扭曲，或者很可怕，要逃的話就趁現在。」

蘇雨菡嚥了口唾沫，沒有迴避他的目光，「我不會逃，我喜歡你們兩個，也永遠不會放開你們。」

「雨菡，妳明白三個人交往真正的意思嗎？」紀青岑也拿起濕紙巾擦拭雙手。

北野晴海走到蘇雨菡身邊，親吻她的臉頰。

「就、就是跟一般情侶一樣，只是我們是三個人……」蘇雨菡臉頰染上一抹紅暈。

紀青岑來到蘇雨菡另一側，俯身親吻她的脖子。

蘇雨菡口中忍不住溢出呻吟，她被自己發出的聲音嚇到了，連忙捂住嘴，「你們兩個在做什麼？」

「一般情侶都會做的事，不只有親吻。」北野晴海輕輕咬住她的耳垂。

「妳懂我們為什麼要等到三個人都滿十六歲嗎？妳懂我們所謂的『公平』是什麼嗎？」紀青岑把手伸向蘇雨菡的襯衫鈕釦，然後停住，「妳曉得我們要做什麼嗎？」

「我……」蘇雨菡到這一刻才意識到他們話裡的深意，同時感受到了一絲恐懼，卻也有股陌生的情慾滋生。

「我們在這方面很守法。」北野晴海的指尖撫過蘇雨菡的臉蛋，「我們給妳一點時間考慮。」

語畢，北野晴海往後一退，紀青岑亦同。

「妳若是願意，就進來房間，不願意的話，就直接離開吧。」紀青岑說。

「妳離開後，我們就等同於分手。我們不勉強妳，妳想清楚再決定，一旦決定，就不能回頭了。」北野晴海說。

兩個人轉身走回房間，同時低聲討論。

「需不需要先洗澡？」

「她又不一定會進來房間。」

「也是……如果她沒進來，我們就來玩新買的遊戲片吧。」

蘇雨菡獨自坐在餐桌旁邊沉思，剛才被北野晴海和紀青岑碰觸的肌膚彷彿仍在發燙。

三個人同時交往意味著什麼，她的確沒想太多，也沒去想未來會面臨什麼，她一直以爲自己和紀青岑、北野晴海交往，就是這樣開開心心地在一起，偶爾擁抱、牽手與親吻。

在那扇緊閉的門扉後面，等待著她的是踏入就無法回頭的世界，蘇雨菡雙手緊握，陷入一場艱難的選擇。

她害怕北野晴海和紀青岑離開她，也害怕打開門走進去後會發生的事。強烈的恐懼襲來，蘇雨菡站了起來，拿起書包就要往外走……

走了幾步，她驀地停下，想起國中時自己是懷著什麼樣的想法做出告白的，以及北野晴海的霸道、紀青岑的溫柔……她猶豫了。

走出這裡，她將會同時失去他們兩個。

方才蘇雨菡信誓旦旦地說自己會永遠喜歡他們，這番心意不是假的，只是此刻她的恐懼也不是假的。

蘇雨菡深吸一口氣，放下書包，慢慢走回那扇門前，舉起顫抖的手按下門把。

房門開啓，她看見北野晴海和紀青岑分別坐在沙發上與床邊，他們看見站在門口的蘇雨菡十分驚訝。

「我還以為妳會逃走。」北野晴海的語氣帶著驚喜。

「我就說要相信雨菡吧。」紀青岑露出微笑。

蘇雨菡轉身關上房門，雙手仍舊止不住地顫抖。

「我喜歡你們，所以我不會走，但我很害怕。」她背對著兩人，低著頭感受後方傳來的灼熱視線。

接著兩隻手分別落在她的肩膀上，似乎要為她帶來勇氣。

「我們也很緊張。」

「不過只要我們三個在一起，就不會害怕。」

紀青岑手上微微施力，讓蘇雨菡轉過身，她看見兩個男孩的臉上有著情慾、焦慮、憐惜、疼愛，以及難以言喻的認眞。

「我們一起面對好嗎？」

「蘇雨菡，和我們永遠在一起吧。」

蘇雨菡迎上兩人的眼眸，然後她閉上雙眼，感受他們的親吻、他們的觸碰、他們的體溫。

他們的一切，都與她融爲一體。

第九章

六月，是鳳凰花開的季節。

但在畢業典禮到來前，方馥紘早一步離開臺灣了，攝影社在阿胖學長的帶領下，舉辦了攝影靜態展。

潘呈娜已經很久沒有來攝影社了，這一次蘇雨菡千交代、萬交代，請她一定要過來。

在等待潘呈娜抵達的期間，蘇雨菡先去了一趟北野晴海的動漫社，還沒靠近社團教室她就聽見裡頭傳來陣陣的掌聲和眾人的驚嘆。

蘇雨菡好奇地走近，只見教室裡所有人都圍著一個擺在教室中央的模型，且拿著手機不斷拍照。

「晴海你太屌了，你怎麼會有全世界只有五十個的限量模型？」

「沒想到能親眼看見《惡魔勇者兵團》故事開頭的靈魂交換的瞬間！」

幾個人興奮地大喊，北野晴海雙手環胸，抬高下巴，表情十分驕傲，「我可是北野晴海耶，北野家旗下的公司正好是《惡魔勇者兵團》的代理商，可以拿到這些東西很正常！」

「好羨慕啊！」

「北野大神，謝謝你讓我開眼界！」

一群社團成員開始膜拜北野晴海，看起來宛若邪教活動裡會出現的畫面。

北野晴海注意到蘇雨菡站在教室外，指了一下手錶，要她等他一下，不過蘇雨菡抬手指向另一處。

「你先忙，我先去找青岑。」蘇雨菡用口型說。

看來動漫研究社正熱鬧，她決定晚點再找北野晴海一起去攝影展。

北野晴海點點頭，繼續和他的社團朋友們討論《惡魔勇者兵團》。

蘇雨菡往日本文化研究社走去，遠遠就聽見許多人流暢的日文對話聲，她一愣，而後加快腳步，居然看見紀青岑和一群人站在臺上。

他們似乎在表演話劇，紀青岑擔任旁白，臺下則坐著一群看得津津有味的觀眾。

蘇雨菡不懂日文，可是這不妨礙她覺得此刻的紀青岑帥氣無比。

紀青岑發現了她，明顯眼睛一亮，蘇雨菡對他豎起拇指，接著用食指與中指比出走路的動作，示意她先離開，然後又比了拍照手勢，表示等會攝影社見。

紀青岑點頭，一下子就理解蘇雨菡的意思。

從日本文化研究社離開後，蘇雨菡一個人漫步在校園中，四周不斷傳來愉快的嘻笑聲。此刻天氣正好、陽光舒適，她忽然就覺得未來的一切都將無比美好。

她拿起手機，想看看許久未聽的blindness有沒有出新歌，卻正好巧遇好久不見的潘呈娜。

潘呈娜看起來有一點點憔悴，不過精神還算好。

「學姊！」蘇雨菡立刻喊住潘呈娜，兩三步來到她身邊，「妳要去攝影社吧？」

「啊，我還在猶豫。」潘呈娜扯了扯嘴角，「這麼久沒出現，我怕大家會生氣。」

「不會啦！我們這次很用心準備攝影展喔，大家都拿出自己最喜歡的照片了。」蘇雨菡勾起潘呈娜的手臂，「況且學姊妳有把柄在我手中，若妳不去看展，我就……」

「把柄？什麼把柄啊！我哪有！」潘呈娜怪叫。

「有啊，就是停車場的哭哭事件。我和馥紘學姊可是有保持聯絡，妳不希望我告訴她實話吧？」

潘呈娜張大嘴巴，「雨菡，妳會威脅別人啦？原來妳是這麼壞的女孩嗎？」

「我已經進化囉。」蘇雨菡的笑容裡帶著得意的意味，「所以快點跟我過去！」

「好啦！妳不要拉我！」潘呈娜就這樣半推半就地來到了攝影社。

這裡參觀的人潮雖然不多，但也不至於空無一人，有些人瞧見蘇雨菡便開始竊竊私語，對於她所拍攝的照片感到既驚訝又怪異。

潘呈娜的視線則被方馥紘參展的照片吸引，那是一張輸出成海報大小的照片，是去年她和方馥紘一起過聖誕節時，兩個人在聖誕樹前的合照。

潘呈娜頓時眼眶一熱，在她如此過分地對待方馥紘後，她仍選擇展示她們的合照。方馥紘不怨恨自己嗎？難道其實聰慧的方馥紘看穿了自己的用意？還是她只是單純以這張照片來紀念那段曾經美好的戀情？

「學姊，看樣子馥紘學姊沒那麼柔弱喔。」蘇雨菡推了潘呈娜一下，手指向照片下方的標題。

相約於未來。

潘呈娜再也克制不住情緒，捂臉哭了起來，蘇雨菡輕輕拍著她的背。

幾分鐘後，潘呈娜終於冷靜下來，她頂著一雙哭紅的眼睛，有些不好意思，「還好沒有攝影社的成員在場。」

蘇雨菡沒多說什麼，只是繼續帶著潘呈娜參觀，田箴選的是攝影社成員在美術館前的全體合照，阿胖學長選的則是食物照片，其他社員的作品還有校園景觀、教室一隅、遊樂園等。

「哇，蘇雨菡，這張照片……」潘呈娜站在蘇雨菡展示的照片前。

「我的想法就跟馥絃學姊一樣吧。」蘇雨菡聳肩，「我也要勇敢一點。」

「雖然有些出乎意料，不過……眞羨慕妳呀，在對的時間選擇勇敢。」潘呈娜低語。

等潘呈娜離開後，蘇雨菡待在原地欣賞自己拍的這張照片，面上不禁露出一抹微笑。

「雨菡！」

身後傳來一串腳步聲，蘇雨菡回頭，只見北野晴海和紀青岑喘著粗氣跑過來，不可置信地看著她拍的那張照片。

他們臉上的表情既驚喜又有些慌亂，兩人皆強忍著想擁抱蘇雨菡的衝動。

「這是我的回答。」蘇雨菡彎了彎嘴角，一直以來都不夠勇敢的她，用這種方式向所有人表達了她的心意。

那是她與北野晴海、紀青岑在她十六歲生日當天，確認完彼此的心意後，到餐廳慶生的合照。

蘇雨菡坐在兩人中間閉著眼睛正在許願，她面前擺放著一個插著蠟燭的蛋糕，而北野晴海與紀青岑各自湊過去親吻她的臉頰。

這張照片讓人充滿遐想，可以說他們三個人是交情很好的朋友，也可以說他們三個人情誼曖昧。

不過，照片下方的標題寫著「摯愛」，蘇雨菡很明顯是透過這張照片大方認愛了。

這張照片著實引起不小的騷動，以前還有人私下拿蘇雨菡和其他兩個男生的關係做文章、說閒話，在蘇雨菡認愛之後，眾人便明白不能再這麼做了。

紀青岑就算了，沒有人惹得起北野晴海，不僅僅是因為他背後的青海集團，而是北野晴海眞的能夠毫不留情地毀掉一個人，就像當初的簡若荷……

✦

「邱老師。」北野晴海手插口袋來到導師辦公室。

邱淨從座位上站起來，「你今天是來告訴我，你們高二想編在哪個班吧？」

「是啊，拜託老師了。」北野晴海拿出一張紙條，上頭寫著幾個名字與相對應的班級。

「今年怎麼多了兩個人？」邱淨看到後有些疑惑，「你認識他們？」

「不認識，但蘇雨菡想和他們同班，所以麻煩老師了。」北野晴海聳肩。

「知道了。」

北野晴海轉身走出辦公室，舉手朝空中揮了揮，臉上帶著笑意。

邱淨又看了紙條一眼，上面寫著：

紀青岑——七班

北野晴海——九班

蘇雨菡、顏允茗、庚岷——四班

升上高二前的暑假，蘇雨菡和北野晴海和紀青岑幾乎整天都黏在一起，並且時常出入北野晴海家中。

某一次蘇雨菡準備離開時，碰巧遇上了北野天仁，讓她嚇了一大跳。

北野天仁打量過蘇雨菡，又看了看站在她身後的兩個男生。

「你媽說，這位是你的女朋友，是嗎？」

「這……」北野晴海猶豫著該如何接話。

紀青岑卻往前站了一步，毫不猶豫道：「是，她是我們的女朋友。」

北野晴海聽見後也挺直了背脊，目光直視著父親。

蘇雨菡不太確定現在是什麼情況，只能默不作聲站在原地。

北野天仁的視線在他們三個身上來回幾遍，最後大笑起來。

「好，很好，別讓你媽知道就好。」說完，北野天仁轉身離去，不僅完全不以為忤，甚至還很高興的樣子。

北野晴海和紀青岑在這時候才終於肯定，當初北野天仁所說的什麼東西都要一人一半，的確包含了女人。

「你爸不會覺得我們很奇怪嗎？」不清楚內情的蘇雨菡很緊張。

「不會，他應該十分滿意。」北野晴海偏頭親了她的唇。

「或許我們晚一點再走？」紀青岑吻著她的脖子。

「嗯……」蘇雨菡本想拒絕，最後還是改口，「好吧。」

她大概一輩子都沒辦法拒絕這兩人。

高二開學的第一天，他們三個人一起來到學校，在校舍一樓的走廊上分開。

蘇雨菡帶著忐忑又期待的心情往自己的班級走去，當她踏入四班的教室時，便有幾個學生立刻認出她來。

蘇雨菡沒有理會那些打量的視線，目光落在坐在窗邊滑手機的女孩身上。

顏允莒長髮飄逸，雙腿修長，張揚的黑色眼線在眼尾處勾起，看上去有些難以親近。

「啊，抱歉！」庾岷從教室外要進來，不小心撞上擋在門口的蘇雨菡。

「不會。」蘇雨菡連忙擺手，讓出通道。

接著她深吸一口氣，走到顏允莒的座位旁，主動開口：「嗨，我叫蘇雨菡。」

「所以顏允菡這個人怎麼樣？和妳想像中一樣嗎？」紀青岑把玩著蘇雨菡的頭髮，撐起上半身望著她。

「外型看起來很愛玩，可是實際上很清純……」蘇雨菡笑了出來，「晴海，很癢耶！」

北野晴海正用指尖劃過蘇雨菡光滑的肌膚，她忍不住扭動身體。

「我調查過了，她沒什麼怪異的地方。」北野晴海吻了一下蘇雨菡的唇，從床上起身。

「那是因爲現在我們跟雨菡不同班，沒有陪在她身邊的關係吧。」紀青岑也親了她一下，跟著從床上坐起。

紀青岑的言下之意是，由於他們三個人在學校不再像從前那樣整天形影不離，女生們當然就不會使出某些手段與蘇雨菡相處，以便接近兩個男生。

「你們明明就很常來我的教室。」蘇雨菡抗議道，「每次過來都會引起班上女生一陣騷動。」

「我們已經很克制了，偶爾才去一次。」紀青岑說。

「不過我們每次過去，顏允菡確實不太理會我們。」北野晴海非常滿意顏允菡的表現，「或許我們可以加重測試，看看她會不會露出眞面目。」

「不要這樣對我的朋友！」蘇雨菡哼了聲，「我們可是『菡萏』呢！」

「『菡萏』又怎麼樣？這只是巧合，不要擅自認定她一定可以成爲妳的好朋友。」紀青岑摸摸蘇雨菡的頭，「難道妳忘記簡若荷了嗎？」

「允萏和簡若荷不一樣。」蘇雨菡嘟起嘴，她和顏允萏相處得很愉快，她是眞心喜歡這個朋友。

「雨菡，我們就是稍微測試一下，如果她夠格當妳的朋友，我們也不會阻止妳們來往啊！」北野晴海拿起放在一旁的手機。

「是呀，所以下學期開始，我們會更頻繁地去找妳，只要讓我們發現她有一絲絲接近我們的意圖……」

「又不是每個人都會喜歡上你們。」蘇雨菡打斷紀青岑的話，起身走出紀青岑的房間。

「那可不一定。」北野晴海撇撇嘴，跟了過去。這幾年他看過太多例子了，不是他自吹自擂，眞的有非常多女生前仆後繼地追逐著他和紀青岑。

紀青岑送北野晴海和蘇雨菡到家門口，再由北野晴海騎機車載蘇雨菡回家。

一升上高二，北野晴海便買了一輛機車。

「雨菡，我有一件事想問妳。」抵達蘇雨菡的家以後，北野晴海難得露出猶豫的神情。

「怎麼了？」

「國三的時候，妳的告白……」

「嗯？」

「算了，沒什麼。」北野晴海搖頭。

「晴海，謝謝你在那時候過來。」蘇雨菡沒有追問，而是把手貼在他的臉頰上。

北野晴海把手覆蓋在她的手上，「我們才要謝謝妳，謝謝妳接受了我們。」

蘇雨菡彎了彎唇角，傾身向前親了北野晴海的唇，之後像是忽然意識到什麼，皺著眉頭說：「啊……我在青岑不在的時候吻你了。」

「下次還他就好。」北野晴海回吻了她。

兩個人相視而笑，北野晴海目送著她走進大樓。

從那天起，北野晴海和紀青岑彷彿說好了一般，總會輪流來蘇雨菡的教室。北野晴海並不會特意跟顏允菬說話，但紀青岑會意思意思地跟她打個招呼。

然而無論是在走廊上巧遇，或是在四班教室裡，每當他們出現，顏允菬就算原本正在和蘇雨菡說話，也會轉頭默默做自己的事，直到他們離開，顏允菬才會再次和蘇雨菡說話。

如同蘇雨菡所言，顏允菬對他們兩個一點興趣都沒有，也從來沒有問過關於他們的事。

時間很快來到高二下學期，蘇雨菡與顏允茵的友誼依舊維持著，而且還維持得挺不錯，北野晴海和紀青岑也逐漸放下對顏允茵的戒心。

這陣子反倒是北野晴海變得怪怪的，蘇雨菡詢問過幾次，他每次都回答：「沒什麼，是我爸那邊有些煩心事。」

於是蘇雨菡轉而向紀青岑探詢，他給出的答覆也差不多，「其實就是生意上的事，大人們會解決的。」

最後在蘇雨菡的旁敲側擊下，她才知道原來是北野家過去合作過的公司，日前向青海集團提告未履行合約。對方找的律師事務所很厲害，以前有過打贏類似官司的紀錄，這讓北野天仁有些頭痛，連帶影響到北野晴海的心情。

「不是什麼大事啦！做生意就是這樣，時常得面臨許多難關與挑戰，畢竟商場如戰場。」北野晴海拍拍蘇雨菡的臉，要她放寬心。

蘇雨菡很想爲他們做點什麼，於是登上對方委託的律師事務所網站，一一查看事務所內所有任職員工的個人資料，發現其中不少律師和律師助理都畢業於M大法律系。

她靈機一動，立刻打電話給潘呈娜。

「學姊！好久不見，幫我一個忙。」

「剛說完好久不見，就馬上開口要我幫忙，是不是太唐突啦？」潘呈娜在電話那端打趣道。

「別忘了妳有把柄在我手上！」蘇雨菡開玩笑。

「哎呀！提到把柄就太見外了。說吧，什麼事？」潘呈娜大笑，最近她和方馥紘已經恢復聯絡，儘管聯繫得不算頻繁，但得知方馥紘在國外過得很好，她的心情便輕鬆許多。

「妳能安排一場聯誼嗎？對象是律師事務所的助理，當然，如果是律師更好。」

「啊？爲什麼？」

「我有些事想打聽，我會假裝自己也是法律系的學生，妳主要幫我約到這幾個人就好。」蘇雨菡簡單解釋，接著把預先擬好的目標名單傳給潘呈娜。

「這幾個學長我剛好都認識，他們去年有回學校分享工作經驗……不過妳要找他們打聽什麼事？不會是什麼不好的事吧？這會讓居中牽線的我很爲難喔。」潘呈娜問得很仔細。

「放心啦，妳就當作我想認識男生，或者跟律師攀關係。」蘇雨菡隨便給出一個理由。

「最好是啦，妳不是已經有兩個男朋友了嗎？啊……等等，妳其中一個男朋友是北野晴海對吧？最近新聞鬧很大，他們家要打官司……該不會就是因爲這個原因，妳才來找我安排這場聯誼吧？」

話都說到這一步，蘇雨菡也不再隱瞞，「對啦，我知道自己應該問不到什麼，也清楚他們不可能會洩漏商業機密，可是我還是想多了解一下，學姊可以幫我這個忙嗎？」

「這樣我很爲難耶……這牽涉到職場倫理道德。」

「既然如此，那他們就更不可能告訴我啦，妳不用擔心我會問什麼尖銳的問題，妳就當作不知情就好。況且能夠跟律師或律師助理聯誼，學姊也能從中得到好處吧？像是拓展人脈、增廣見聞什麼的。」蘇雨菡極力說服她。

潘呈娜天人交戰了一陣，想著蘇雨菡畢竟只是個高中生，就算在聯誼場合認識那些律師或律師助理，也很難從那些人精口中套出話來，應該不至於造成什麼危害。

「好吧！我什麼都不知道！我會盡力安排看看，但能不能成功我不保證喔。」

「謝謝學姊，妳人最好了！」蘇雨菡喜出望外。

幾天後，潘呈娜傳訊息來，告知一切都安排好了。

蘇雨菡鬆了一口氣，潘呈娜下一則訊息卻說：「不過，對方人數比我們多一個，妳有辦法再找到一個女生一起嗎？」

她無論怎麼想，都只能想到顏允菡。

「我問問看朋友，明天跟妳說。」

✦

隔天去到學校，蘇雨菡在教室裡與顏允萏聊天，想著要在什麼時機提起聯誼一事。

「我們是不是失散多年的姊妹？『菡萏』居然能湊在同一班。」顏允萏手托著腮。

聽到這句話，蘇雨菡不禁瞪大眼睛。

一年前左右，她也對簡若荷說過差不多的話，只可惜她們沒辦法成爲眞正的朋友。

她也記得簡若荷說過自己提到命運的說詞很噁心，所以她從來沒有和顏允萏講過，沒想到如今會從顏允萏口中聽到相似的說法，這讓她非常欣喜。

「要不是因爲名字的關係，以妳的笨腦袋會知道這個詞嗎？」蘇雨菡故意用挖苦的方式來掩飾自己的感動。

「哼，考了前幾名就眞當自己是聰明人啦？」顏允萏聳肩。

「顏允萏，請不要欺負我們家雨菡。」紀青岑從後方抱住蘇雨菡。

這些日子過去，他和北野晴海稍微認可了一點顏允萏這個人，她自始至終都表現出對他們不感興趣的樣子。

「我欺負她？你才在性騷擾她吧，紀青岑。」顏允莒不客氣地回嘴。

過了一會，北野晴海也來了，加入眾人熱絡的談話。蘇雨菡一直很期盼自己的好朋友能與兩位男友相處融洽，看著眼前這一幕，她有種美夢成真的感覺。

好不容易等到紀青岑和北野晴海離開，蘇雨菡終於向顏允莒提起聯誼這件事，一開始對方百般不願，但在蘇雨菡祭出了讓她抄考卷的誘惑後，顏允莒便答應了。

然而到了聯誼當天，北野晴海和紀青岑居然出現在蘇雨菡家樓下。

「你們怎麼會在這！」蘇雨菡嚇得差點連包包都拿不穩。

「去哪啊？」

「妳不是說今天要留在家裡念書？」

兩個男生走到她面前，蘇雨菡焦慮地咬著手指甲，不明白消息到底是怎麼走漏的。

「妳喔，別想偷偷耍小聰明。」北野晴海拿出手機，上頭的畫面是蘇雨菡與潘呈娜的聊天紀錄，「呈娜姊姊都告訴我了。」

「你、你什麼時候有她的LINE了？」蘇雨菡不敢相信潘呈娜居然背叛自己！

「我連馥紘學姊的LINE都有喔。」北野晴海找出他與方馥紘的聊天紀錄，最後的交談時間竟然就在昨天。

「我的隱私權呢？」蘇雨菡怪叫。

「我們之間沒有祕密，我什麼都會告訴妳。」北野晴海把手機放回口袋，「所以妳也不要爲了我們家的事私下在外面打聽，傳出去會很麻煩。」

「我只是……」蘇雨菡委屈得快要哭了。

紀青岑摸摸她的頭，「謝謝妳爲了我們著想，可是妳也太小看青海集團了吧，集團的御用律師事務所也很厲害。」

「我知道啊……是皇甫家……」蘇雨菡覺得自己好像笨蛋。

「謝謝妳，雨菡。妳的這份心意，讓我很感動，但這不是妳目前需要擔心的。」北野晴海上前抱住蘇雨菡。

「是啊，未來等妳成爲北野家的女主人，到時候就算想置身事外都沒辦法，所以現在妳就好好享受這段什麼都不用管的時光吧。」紀青岑也抱住她。

蘇雨菡被圈禁在兩個男生的懷抱裡，儘管有些呼吸困難，卻很有安全感。

「那我聯絡一下允菭，跟她說我不能去了。」蘇雨菡嘆氣，「啊，這樣女生就少了一個耶。」

「潘呈娜說她會帶朋友去。」北野晴海瞇眼盯著蘇雨菡，「至於妳啊……今天完蛋了。」

「去我家吧。」紀青岑露出壞笑。

「等一下，你們又要……」蘇雨菡雙頰脹紅，自從他們突破最後一道防線後，這兩個人就沒在客氣的。

「這是對妳的懲罰，誰叫妳說謊。」北野晴海一點也不憐香惜玉。

而爲了消除顏允菬被放鴿子的不滿，蘇雨菡追加提出接下來一整個學期都讓對方抄她的考卷。

✦

「妳看過《惡魔勇者兵團》嗎？」

正在幫顏允菬編頭髮的蘇雨菡聽到這個問題愣了一下，她忍不住想：難道顏允菬是因爲知道北野晴海喜愛這套漫畫，才故意這麼問？

「沒有，但是晴海很愛，他家有一整套漫畫。」儘管狐疑，蘇雨菡依舊老實回答。

「他有買？那我可以跟他借嗎？」顏允菬透過鏡子端詳自己的髮型，並且與蘇雨菡對到眼。

一股不安在蘇雨菡心中蔓延，該不會顏允菬也想接近北野晴海與紀青岑？

「可以呀，我幫妳跟他說。」蘇雨菡面上並沒有顯露出其他情緒。

「謝了。」

「不過妳怎麼忽然對那套漫畫有興趣？」蘇雨菡一邊傳訊息給北野晴海，同時裝作不經意地問。

「還是這只是想接近晴海的藉口？」紀青岑又在下課時間擅自走進四班教室，懶洋洋地插話，他問出了蘇雨菡內心的疑問。

「欸，顏什麼的，借漫畫是嗎？」接著北野晴海出現在走廊上，隨後他也走進教室，伸手揉了揉蘇雨菡的頭頂，「漫畫怎麼拿？」

「方便的話放學跟你拿，那套漫畫很多本吧？」對於北野晴海對蘇雨菡所做出的親暱舉動，顏允菑沒有太多反應，只專注於那套漫畫上。

「兩個人單獨行動？」紀青岑故意這麼問。

「行，放學來我家拿，要借多久都行，但不要折到書。」北野晴海大方表示。

「好，一起去吧。」顏允菑不想和北野晴海獨處，便詢問紀青岑與蘇雨菡是否一同前往，見紀青岑露出惋惜的表情，她沒好氣道：「怎樣？你是想把我和北野晴海湊對，好讓你……」

「妳別亂說話。」蘇雨菡立刻打斷她。

兩個男生離開後，蘇雨菡才對顏允菑說：「平常妳在我面前怎麼開玩笑都沒關係，但不要在他們兩個人都在的時候，開我們三個的玩笑。」

「我知道了。」顏允萏點點頭，轉而低頭玩手機。

不過也因爲這樣，蘇雨菡放下了對顏允萏的猜忌。

她大概有被害妄想症，才會懷疑顏允萏與其他人一樣。

放學後他們四人聚在一起的畫面引來許多同學的側目，畢竟一直以來他們都是三人行，這回多了個外型突出的顏允萏，眾人怎麼可能不感到好奇？

走到北野晴海的住處後，顏允萏對著北野家的豪宅瞠目結舌。

「嚇到了吧？」蘇雨菡回想起自己第一次過來的時候，也是如此驚訝。

「我家今天有客人，就不招待你們進去了。」北野晴海表情有些不悅，蘇雨菡和紀青岑互看一眼，猜測應該是先前說要提告青海集團的那間公司派人過來協調。

「嗯，那我們去前面的公園等你。」蘇雨菡提議。

三個人才剛轉身離開沒多久，北野秀蓉正好打開門出來送客。

「是北野家的公子嗎？長好大了，想必很快就可以接手父親的事業了。」一名穿著西裝的中年人客氣地笑著。

「晴海還有很多要學習的地方，尚不成氣候。」北野秀蓉笑道，北野晴海也禮貌性地和對方打招呼。

客人離去後，北野晴海立刻走進書房拿了漫畫就要離開，北野秀蓉卻喊住他。

「我看到雨菡和青岑了，不請你女朋友來家裡坐坐嗎？」

北野晴海怔住，「我叫青岑也一起……」

「請雨菡來就好，畢竟她是你的女朋友不是嗎？我有東西想拿給她，我方才也和你爸說了。」

「爸說什麼？」

「他說就叫雨菡過來吧。」

北野天仁自然曉得眞實情況，但在現階段，他還是想讓北野秀蓉至少在這部分保有優越感——自己兒子的女友，是紀青岑喜歡的女孩。

「我知道了。」北野晴海點頭。

他提著兩大袋漫畫來到公園，把漫畫交給顏允菖後，便要蘇雨菡去他家裡坐坐，還編了一個理由說是他父母從落地窗看見了她。

因爲他不想讓紀青岑認爲，北野秀蓉明明也看見他了，可是沒找他。不過這拙劣的謊言顯然沒有騙過紀青岑，他看起來頗爲鬱悶，不過還是主動提議要幫顏允菖把漫畫提回去。

蘇雨菡見顏允菖想拒絕，立刻把北野晴海手上的一袋漫畫交給紀青岑，「那就麻煩你了。」

紀青岑微微一笑，與顏允菖一同離開公園。

「你媽故意不找青岑嗎？」直到再也看不見那兩人的背影，蘇雨菡才問。

「連妳都發現了，就更瞞不住青岑了。」北野晴海嘆氣，「我還不曉得怎麼跟我媽說我們的事，不過爸知道就好。」

「嗯。」

到了北野晴海家中，蘇雨菡有些戰戰兢兢，深怕自己在兩位極具威嚴的長輩面前，應對進退會有失禮數。

「雨菡，不用緊張，吃吃看麝香葡萄，是剛從日本空運過來的，非常甜喔。」北野秀蓉招呼她吃水果，態度和藹。

而北野天仁坐在一旁，不發一語。

「謝謝伯母。」蘇雨菡拿起一顆葡萄送入口中咬下，果實中的汁水甜到她的舌頭都要化開了，她立刻看向北野晴海，一雙眼睛閃閃發亮。

蘇雨菡太過可愛的模樣，讓北野晴海忍不住笑了起來。

「能讓我們晴海露出那樣的笑容，果然雨菡是個厲害的女孩呢。」北野秀蓉很是欣慰，「雖然你們年紀還輕，未來也還很難說，但如果妳和晴海有幸走到最後，這東西就會是妳的。」

北野秀蓉從懷裡拿出一個盒子放到桌上打開，裡面是一顆閃耀的綠色寶石，「這是北野家代代相傳的寶物，日後等你們結婚，就交給妳保管了。」

北野天仁拿了顆葡萄，不置可否。

「這太貴重了……」蘇雨菡邊說邊望向北野晴海。

「媽，現在說這些也太早了吧。」

「我只是想先讓你們知道，我不會阻攔你們，我並不看重門當戶對。」

北野秀蓉最後這句話，蘇雨菡聽不出其中是否帶有諷刺的意味，不過她還是挺高興的，至少在某種程度上她已經獲得同。然而在高興之餘，她心中同時也生出一股哀愁。

「媽。」北野晴海拉著蘇雨菡起身，「時間差不多了，我送她回去。」

「好，下次有空再來玩。」北野秀蓉淺笑盈盈，「雨菡，有件事要提醒妳，儘管和晴海的朋友交好很重要，還是得保持一點距離喔。」

「秀蓉。」北野天仁終於開口。

北野秀蓉愣了一下，隨即又勾起嘴角，向蘇雨菡道別。

離開北野家的宅邸後，北野晴海牽起蘇雨菡的手，「雨菡，妳不用理會我媽說的話。我知道妳一定在想，這樣對青岑公平嗎？畢竟我媽不知情，所以……」

蘇雨菡打斷他的話，「晴海，這對青岑真的不公平。」

北野晴海低下頭，「是啊，本來妳就是喜歡青岑的……」

「你在說什麼？」蘇雨菡一愣。

「國中畢業典禮那天，妳不是和青岑告白嗎？如果不是我們兩個向妳提出那個條件，妳會跟我交往嗎？」北野晴海難得失態地吼了出來。

他每次想起那段回憶都很難受。

「不認識，但我就是喜歡她。爸說，一人一半，是吧？」紀青岑對他說。

「假如她不願意呢？」北野晴海問。

「那就不要。」

說完，紀青岑從口袋拿出一封信遞給他，信封上娟秀的字跡寫著「紀青岑」三個字。

紀青岑示意他拆開信閱讀。

紀青岑：

我是三班的蘇雨菡，我有話想對你　說。

之所以會在筆記本上寫下那些事，一開始是出於對你　的好奇。但隨著時間過去，我發現比起好奇，更多的其實是喜歡，我喜歡你　。

如果可以，畢業典禮結束後，能請你　來學校後花園一趟嗎？

他很快讀完那封信，心情激盪且複雜，因此並未留意信件中那些奇異的被立可帶抹去的空白，他沉浸在一股從未體會過的傷心裡。

「妳本來就只喜歡紀青岑一個人！妳是爲了不失去他，才接受我的。」

這是北野晴海第一次在蘇雨菡面前，露出了泫然欲泣的神情。

第十章

「紀青岑，只剩你的作業還沒有交。」夏蟬蹲在紀青岑旁邊，動手翻找他的抽屜。

「欸，妳在做什麼？」還坐在位子上的紀青岑疑惑道。

「找作業本啊，就缺你的。」留著可愛的妹妹頭的夏蟬沒好氣地說。

「我自己拿啦。」紀青岑從書包抽出作業本交給她，「全班只有妳敢這樣接近我。」

「因爲其他人都有別的心思，但我沒有，所以我心安理得。」夏蟬理直氣壯。

夏蟬在班上不時會找紀青岑攀談幾句。

對紀青岑來說，夏蟬的存在很微妙，夏蟬是他自己交到的朋友，與北野晴海、蘇雨菡沒有關係。

「或許是妳眼光不好。」所以這樣的鬥嘴，對紀青岑來說是新鮮的體驗，因爲夏蟬對他眞的毫無男女方面的興趣。

「我眼光好得很，我喜歡地下樂團的赫泓，你知道blindness吧？」

「不知道。」

「沒品味！」夏蟬哼了聲，把紀青岑的作業本丟到自己的桌上，「欸，身為朋友，我好奇問一下，蘇雨菡是你的女友對吧？」

「妳也會好奇這種事？」紀青岑認為夏蟬並不是愛八卦的類型。

「當然囉，畢竟我有去看攝影社的展覽。」夏蟬聳肩，「北野晴海也是她的男友？」

紀青岑沒有回答，夏蟬了然地點點頭，並拍了拍他的肩膀，「原來如此、原來如此。」

「妳最好不要碰我喔。」紀青岑雙手環胸。

「怎麼？你會咬人嗎？」夏蟬大聲嚷嚷。

「不會，但外面那個人會。」紀青岑笑著指向教室外面，蘇雨菡雖然臉上帶著微笑，眼神卻殺氣騰騰。

「哇，你女友來啦！」夏蟬立刻朝蘇雨菡揮手，隨後跑到窗邊，「嗨，蘇雨菡，我是夏蟬，是紀青岑在班上唯一比較會說話的女生。但妳千萬不要對我有敵意，紀青岑不是我的菜……啊，妳知道地下樂團blindness嗎？」

蘇雨菡瞬間瞪大眼睛，「妳也知道blindness？」

「當然知道，看來妳也很有品味喔！」夏蟬眨眨眼睛，「我喜歡主唱赫泓那種樣子的，所以……紀青岑完全不行啦！哈哈哈哈。」

「不知道爲什麼聽起來有點不爽。」紀青岑從後門走出來，來到蘇雨菡身邊。

「好啦，我要把作業送過去給老師了，拜拜。」夏蟬拿起放在她桌上的一疊作業本，從前門跑出教室。

「我喜歡她。」蘇雨菡簡短地下了結論。

「就因爲她對我沒興趣？」

「不是，因爲她很有眼光，知道blindness這個地下樂團。」

「是喔。」紀青岑馬上用手機搜尋blindness，不過找不到什麼資訊，「妳特意來找我有什麼事嗎？」

「沒事就不能來嗎？」蘇雨菡故意這麼說。

紀青岑早就猜到她的來意，主動解釋：「我會注意到顏允莟眼睛腫，不是因爲我在乎她。」

稍早之前，紀青岑主動拿了熱毛巾給顏允莟敷眼睛，蘇雨菡表面上若無其事，其實心中還是有些介意。

「我、我又不是因爲這件事過來的……」被看穿心思的蘇雨菡有點困窘。

「眞的不是嗎？」紀青岑逗她，「我稍微認可她確實是一個對妳來說還不錯的朋友。」

「這就是你給她熱毛巾的原因？」蘇雨菡嘟嘴。

「是啊，昨天我幫她把漫畫提回家，她請我喝飲料，對於我們之間的關係也沒有多問。」顏允茗並不八卦，這一點得到了紀青岑的認同。

「嗯，你們都能喜歡她實在太好了，我就說她是一個很好的女生吧。」

蘇雨菡是眞的這麼認爲，然而她內心深處還是有著小小的擔憂，會不會有一天，他們兩個對顏允茗的喜歡，超越了對自己的喜歡呢？

這種感覺很矛盾，明明她一直希望北野晴海和紀青岑能認同自己所結交的朋友，可是當他們都認可顏允茗時，她反倒感受到了一絲嫉妒。

不過顏允茗非常懂得避嫌，無論是還北野晴海漫畫還是借DVD，她總是會先問過蘇雨菡，這使得蘇雨菡心中的擔憂漸漸消失。出自愛屋及屋的心理，北野晴海與紀青岑對待顏允茗比對待一般女同學好得多。

後來，四班班導彭依苹在庾岷家裡開設的婦產科診所生產和坐月子，蘇雨菡和顏允茗相約一同前去探望，北野晴海與紀青岑卻不請自來，紀青岑甚至在看見庾岷時發了點脾氣。

「妳爲什麼沒說還有一個男同學？」

「這間診所是他家開的呀……」蘇雨菡十分無辜，這些事北野晴海不是都調查過了嗎？。

「妳眞的是……」紀青岑嘆氣。

「那個男生是他們班的班長，腦子裡只有課業和前途，根本沒什麼好擔心。」北野晴海暗自竊笑，想著自己不是跟紀青岑說過了嗎？難道他忘了？「雨菡身邊的所有朋友我都調查過了。」

「咦，我的手機呢？」蘇雨菡低頭翻找包包，「啊，剛剛拍完照我順手把它放在桌上，我現在回去拿。」

「妳進去又會遇到那個男生吧？我跟妳一起去。」紀青岑立刻跟上。

「你今天真奇怪，怎麼忽然變得這麼在意庾岷？」蘇雨菡在等電梯時問他。

「妳還記得之前妳要求和顏允萏、庾岷同班嗎？」紀青岑頓了頓，「……儘管明白沒什麼好擔心的，我還是有一點在意。」

聽見這番話，蘇雨菡忍不住心花怒放，「我一直以爲和晴海相比，你比較不會吃醋。」

「是這樣嗎？」紀青岑一笑。

「不過，你比我以爲得還要會吃醋呢。」蘇雨菡話中有話，歪頭凝視著他，「我覺得很開心。」

紀青岑先是一愣，隨即也笑了起來。

蘇雨菡牽上他的手，讓他內心泛起一陣甜意。

她忽然想起了前陣子北野晴海說的那句話，下意識握緊了紀青岑的手。

「妳本來就只喜歡紀青岑一個人！妳是爲了不失去他，才接受我的。」

✦

幾天後，青海集團迎來了一場突如其來的劇變。

北野天仁在家中吃完早餐正準備出門，卻突然倒地不起，送醫急救後不治身亡，病因爲頸動脈剝離。

北野天仁驟然撒手人寰，導致青海集團上上下下陷入一片慌亂，同時多方勢力也開始蠢蠢欲動。

北野晴海年紀尚小，不可能立刻接替北野天仁的位子，如果能在這時出任北野晴海的代理人，往後就有機會奪權，成爲青海集團眞正的掌權者。北野天仁的兄弟、堂兄弟都看準了這一點，紛紛想要毛遂自薦。

不過北野天仁早已預先立好遺囑，指定北野秀蓉和紀姿惠成爲北野晴海的代理人，在北野晴海有能力獨當一面前，由她們協助他管理青海集團。

另外，北野天仁也在遺囑裡載明，要求紀姿惠與紀青岑即刻搬入北野家。

這等於是向部分集團核心人士公開紀姿惠和紀青岑的身分，這也讓那些意圖謀權的人對於北野天仁的老謀深算感到毛骨悚然，並加快了謀權的腳步。

然而北野秀蓉非常不滿，拒絕接受丈夫的安排。

「沒道理要我容許外面的女人侵門踏戶，這是我家！」北野秀蓉大吼。

「紀小姐學識豐富，應該能幫上不少忙，況且紀青岑也是北野先生的骨肉。越是這種時候，兩位越是要團結才行！」律師極力勸阻。

北野晴海待在自己的房裡，即便摀住耳朵，仍能聽見門外的爭執不斷傳來，但他很清楚，自己遲早都得面對這些。

這時，蘇雨菡傳來訊息。

「晴海，我們去找你好嗎？」

「不用了，我媽如果見到青岑，只怕會更火大。」

「那……如果我自己過去呢？」

北野晴海盯著手機螢幕陷入了猶豫。

他現在是很痛苦，很需要蘇雨菡的陪伴，可是紀青岑也一樣痛苦。

倘若此刻他接受了蘇雨菡的獨自來訪，那就破壞了他和紀青岑之間的協議。

不能這樣，他和紀青岑必須共享一切，包括蘇雨菡的陪伴。

「謝謝你，雨菡。但是……我和青岑說好了，誰也不能違反約定。」

「青岑答應了。」

蘇雨菡的回覆讓北野晴海愣住了。

「他答應什麼？」

「他同意我單獨過去找你，我現在就在你家門口。」

北野晴海無比震驚，馬上奔出房間衝向庭院。

果然，當他一打開鐵門，就見到嬌小的蘇雨菡站在漆黑的夜色裡，而紀青岑則站在她的身後，臉色看起來不太好。

看見北野晴海出現後，紀青岑便轉身離開。

「青……」

蘇雨菡踮起腳尖按住北野晴海的嘴，「要是你喊住他，你媽一定會聽到。」

北野晴海熱淚盈眶，緊緊抱住蘇雨菡。

他將蘇雨菡帶回自己的房間，不斷親吻著她，而蘇雨菡也不斷吻去他落下的眼淚。

他還沒空爲父親的猝死傷心，就得先面對其他家族成員的惡意爭權，這就是生在豪門世家的悲哀與現實。

蘇雨菡的陪伴是北野晴海現在最大的慰藉，他明白這是紀青岑的體貼，也知道紀青岑很痛苦。

然而北野晴海最終還是在沒有紀青岑的時候，獨自占有了蘇雨菡。

原來獨自占有喜歡的人，是這種感覺。

✦

接到紀青岑的電話時，蘇雨菡其實有點錯愕。

「妳能去陪陪晴海嗎？」他的聲音十分沙啞，像是痛哭過一場。

「我們一起過去吧。」

「不，他媽媽現在肯定不願意見到我，妳也曉得遺囑的內容。」

蘇雨菡對此不方便說些什麼，「你們不是有過約定嗎？什麼東西都要一人一半。」

「雨菡，妳眞的相信我們做得到嗎？」或許是因爲情緒太過洶湧，紀青岑聽起來有些歇斯底里。

「紀青岑！這不是你們自己說的嗎？」

「對……對……是我說的，是我們說的。」紀青岑像是回過神般，「我只是這段時間……太累，明明死的那個人也是我爸爸，可是……」

「我們一起去找晴海吧？嗯？」蘇雨菡阻止他繼續說下去，她明白此時紀青岑和北野晴海都需要自己。

「不，我送妳去找晴海，今天妳就陪在晴海身邊。」

「那你呢？」

「等等妳陪我走那段路就好了。」。

幾分鐘後，紀青岑來到蘇雨菡家樓下，她隨便找個藉口離開家裡，與紀青岑慢步前往北野晴海的家。

一路上他們牽著手，不發一語，蘇雨菡知道紀青岑心情複雜，也知道他有很多話說不出口，所以她體貼地沒有多問。

來到北野晴海家門外時，紀青岑身軀微微顫抖，甚至退後了幾步，蘇雨菡見狀連忙抱住他，甚至主動吻了他。

「我會待在你們身邊。」或許幫不上什麼忙，但是她不會離開。

「雨菡，是我把妳拖入我們的世界，或許……妳本來可以有其他更好的選擇。」紀青岑緊緊抱著蘇雨菡，眼中的淚水滑落。

蘇雨菡沒有回話，只是不停地吻著他，試圖讓他感受到溫暖。

等紀青岑的情緒平復些，兩個人才鬆開彼此，蘇雨菡這才傳訊息給北野晴海，說自己要過去找他。北野晴海一開始拒絕了，他說他得遵守和紀青岑的約定，這讓紀青岑頓時感到無地自容。

蘇雨菡握住紀青岑的手安慰道：「沒關係的。」

她溫柔而堅定的語氣，帶給紀青岑莫大的力量。

當北野晴海從家中走出來後，紀青岑把蘇雨菡交給了他，並且獨自轉身離開。

紀青岑回到家中，發現紀姿惠正忙著收拾行李，似乎已經確定北野秀蓉最後一定會讓他們搬過去。

「媽，北野家的人不見得會允許我們搬過去。」紀青岑很不理解，明明他們不被待見，爲何要執意遵守北野天仁的遺囑呢？

「青岑，越是這種時候，我們越不能離開。」紀姿惠不奢望現在的紀青岑可以明白，「我受惠於北野天仁，有義務在他需要時做出回報。」

「他都已經死了！」紀青岑語氣激動，「我們沒有欠他！」

「青岑！他是你爸！」紀姿惠大喊。

「他做過什麼身爲父親該做的事嗎？他要的只是一個備案！要不是我夠優秀，他會承認我嗎？」紀青岑忍不住掉下眼淚，「我永遠都是北野晴海的替身，對外我永遠都不能坦白我的身分！」

「青岑，對於這一切我很抱歉，但你沒嘗過苦、沒經歷過沒錢的生活，所以你才會在意自尊那種無用的東西。」紀姿惠冷然道，她當然心疼自己的兒子，可如果紀青岑嘗過她所經受的痛苦，他就會意識到自己此刻的心靈煎熬眞的不算什麼。

「媽，妳是不是把我當成籌碼？一個讓妳能過上好生活的籌碼？」紀青岑抬手擦去眼淚。

「聽到你這麼說我很難過，難道你沒有享受到任何好處嗎？」紀姿惠看著他，「青岑，你和晴海不是相處得很好嗎？你們不是還共同擁有一個女友嗎？未來你們還能共同擁有青海集團，儘管現在的你只是晴海的影子，總有一天，你會和晴海並肩站在一起……事實上，現在你不就已經和他並肩了嗎？」

紀青岑用力搖頭，不自主往後退了幾步。

「青岑，你好好想想其中的利弊，你要擁有多少，就必須先放棄多少。」紀姿惠是個既聰明又狠心的女人，即便面對自己的兒子，該一巴掌狠狠打醒對方時她也不會有所遲疑。

她曉得紀青岑遲早會想通，於是轉過身繼續整理行李。

「妳知道我和晴海與同一個女孩交往，卻不表示任何意見？」

畢竟在常人眼中，這並不正常，也不道德。

「我和你父親之間雖然沒有實質上的愛情，但就結論而言，我不也是和北野秀蓉共享一個男人嗎？我和你是一樣的，我爲什麼要表示意見？」紀姿惠看向他，「如果你不滿足於現狀，那你有辦法贏過北野晴海，搶下整個青海集團嗎？」

紀青岑倒抽一口氣，「妳怎麼能說出這種話？」

「所以你爲什麼要有那些不必要的想法？」紀姿惠搖頭，「倒不如快去整理自己的行李。」

「晴海的媽媽不會接受妳。」

「她會接受的，因爲北野天仁已經死了，她不用再背負他的愛與背叛，只需要撐起青海集團即可。」紀姿惠聰穎、理性，懂得評估情勢做出最有利的決定。

她必須隨時準備好，才能應付所有可能發生的狀況。

紀青岑轉身就要奔回房間，紀姿惠喊住他，「青岑，我不是冷血，也不是不能理解你，更沒有把你當做享福的籌碼。等你長大了，你會明白我的用心，就算不明白也沒關係，倘若你眞的很想逃離這一切，成年後就遠遠地逃開吧，我不會阻止你。」

紀青岑握緊拳頭，抿緊了嘴唇，直到回到房間內，才讓自己崩潰痛哭。

幾天後，青海集團掌權者逝世的消息傳遍大街小巷，引起政商兩界的動盪，同時間青海集團也宣布由北野秀蓉接下北野天仁的位置。集團董事股東們一開始紛紛強烈表示不滿，然而在擁有百分之三十股份的紀姿惠現身並站在北野秀蓉那一邊後，反對的聲浪才逐漸平息。

即便如此，紀青岑仍不被允許出現在北野天仁的葬禮上。畢竟世人對於像是憑空冒出來的紀姿惠已經充滿好奇與各種猜測了，若是紀青岑再曝光，那麼紀青岑是北野天仁的私生子一事等同於昭然若揭。

因此，這段期間紀青岑受到的限制就更嚴格了。

蘇雨菡得知情況後，這一次她打算單獨陪伴紀青岑，就像上次單獨陪伴北野晴海一樣。

她原本要提前知會北野晴海，卻被紀青岑阻止了。

「不要先跟晴海說。一次就好，完全屬於我吧。」紀青岑說出這句話的模樣太過悲傷，讓蘇雨菡心生憐憫，更難以拒絕。

這還是第一次，蘇雨菡對三個人之間的關係感到一絲動搖……

然而北野晴海不是那麼好隱瞞的，所以蘇雨菡事先做足了準備。她不僅擬定了一份出遊計畫，還抽空一一前往那些她計畫出遊的景點，仔細記錄景點資訊，並拍攝照片，比如餐廳排隊人潮的照片，以及她開心用餐的照片。

隔天去到學校時，蘇雨菡向顏允茗開口，「我想拜託妳一件事。」

「嗯？」

「我和晴海與青岑幾乎形影不離，但我不太會跟其中一個人單獨相處，這是我們說好的。不過這週六，我和青岑有事需要單獨在一起，而我們不打算讓晴海知道。」

顏允茗聽聞後身子微微一僵。

「所以，我會告訴晴海，我是和妳一起出去，妳能幫我的忙嗎？」

「我週六和朋友有約，如果被北野晴海看到……」顏允茗最近和在聯誼活動中認識的人發展得不錯，這也是她爲什麼忽然對《惡魔勇士兵團》產生了興趣。

「放心，他週六家裡有事沒辦法走開，妳不會被他看見的，妳只要在晴海問起我的時候，說我們一起去看電影、喝下午茶就好。」蘇雨菡擁抱顏允茗，輕聲在她耳邊說，並將所有安排好的細節都告訴對方。

想瞞過北野晴海，不做到這種地步是不行的。

「我會盡力記住的。」聽完，顏允茗點點頭。

「謝謝妳，我和青岑都會感謝妳的。」蘇雨菡鬆開手，笑著對她說。

「妳這樣做，是因爲已經釐清了嗎？」

「釐清？」蘇雨菡聽不明白。

「就是釐清了自己的心意，要和紀青岑……所以才會瞞著北野晴海和他單獨出去？」

蘇雨菡伸手抵在顏允茗的嘴唇上，堅定地搖頭，「不需要釐清，我兩個人都喜歡。」

「那……」

「只是我和青岑有事要辦，就是這樣。」他們之間的事情是祕密，就連她最要好的朋友都不允許知道太多。

「是我多問了，抱歉。」而顏允茗也明白。

「妳不需要道歉，是我要向妳道謝。」蘇雨菡彎了彎嘴角，「好啦，剛才的數學小考，妳應該沒有全抄吧？」

「當然，我有改幾題答案。」

「顏允茗。」庾岷忽然走到她們的座位旁邊，說了幾句不著邊際的話後才離開。

「他想幹什麼？」顏允茗毫無頭緒。

「難道是想告白？」蘇雨菡說完便笑出聲來。

「我和他又沒什麼交集。」

「你們高一不是同班嗎？」

「是沒錯，但一樣沒交集。」

雖然顏允茗這麼說，可是蘇雨菡清楚記得，先前庾岷曾跟著顏允茗一起去垃圾回收場丟垃圾。庾岷還主動接過顏允茗手中的一袋垃圾，不過顏允茗當時的神情很冷淡，兩人之間的氛圍確實不像是在戀愛……

蘇雨菡一直希望自己能有一位要好的女性朋友，她會要求和庾岷同班，只是因爲當時他和顏允茗之間的氣氛，讓蘇雨菡認爲庾岷和顏允茗同班比較好。除此之外，她對庾岷沒有任何想法。

蘇雨菡暗自打定主意，決定改天請北野晴海調查庾岷看看好了。

✦

北野天仁的家祭訂在早上九點，公祭的時間則在下午。

紀青岑大約十點出現在蘇雨菡家樓下，他穿著白色上衣與牛仔襯衫，神情略微哀傷。

蘇雨菡牽起他的手，「你想去哪?去哪我都會陪著你。」

「我想去海邊。」紀青岑選擇的地點令人意外，居然是北野晴海第一次吻蘇雨菡的地方。

買好火車票搭上火車後，蘇雨菡和紀青岑並肩坐在座位上，靜靜地看向窗外流動的景致。

「爲什麼想去海邊?」蘇雨菡打破沉默。

「妳知道海邊爲什麼對晴海別具意義嗎?」紀青岑面無表情道，「得知我的存在後，每一年晴海生日那天，他母親都會帶他去那個海邊，我和他的父親當初就是在那裡向他母親求婚。」

儘管是商業聯姻，北野天仁與北野秀蓉仍相愛過，並且有過一段美好的時光。

北野秀蓉理智上明白紀青岑的存在有其必要，但她還是免不了爲此黯然神傷，所以才會在北野晴海生日那天，帶著他來海邊緬懷過去的美好。

很多事永遠都能凌駕在愛情之上，不管北野秀蓉後來是否會喪失生育能力，北野天仁早就提前安排好備案了。

北野秀蓉不知道自己該不該慶幸至少自己和北野天仁是相愛的，因爲相愛，才只有一個像紀青岑那樣的存在，否則北野天仁在外面可能有更多的孩子。

北野晴海其實很討厭那片海灘，他在那裡獨自承受了母親的眼淚、痛苦與悲傷，對他來說，那比紀青岑的存在更讓他難受。

基本上，紀青岑的存在是否代表著父親的背叛，北野晴海不是很在意，這或許有點奇怪，可是這就是他最眞實的感覺，不過他始終無法拒絕陪同母親去到那片海灘。

一直到蘇雨菡出現在他生命裡的那一年，北野晴海終於能夠向北野秀蓉坦承，自己不想再和她去那裡了。

在他十六歲那天，他和蘇雨菡、紀青岑一同前往那片海灘，他想製造新的美好回憶，覆蓋過往的傷痛，這樣以後他看到海就不會再難受了。

「偶爾，我會很想獨占妳，但更多時候，我都會想起晴海。這是一種枷鎖還是詛咒嗎？明明我們的關係這麼畸形，我卻覺得如此最好。」紀青岑的嗓音有些顫抖。

蘇雨菡收到顏允菡傳來的訊息，訊息裡提到北野晴海找到她那裡去了。

她回覆顏允菡：「妳依照我給妳的時間表回答就好。」

「今天就獨占我吧。」蘇雨菡忽視了北野晴海的好幾則訊息，接著關閉了手機，並要求紀青岑也這麼做。

這已經無關乎公平與否了，此刻，不被允許參加自己父親葬禮的紀青岑，更需要她的陪伴。

紀青岑依言關閉手機，兩個人相視而笑。

他們待在海邊許久，除了牽手外沒有更進一步的舉動，就這樣靜靜地欣賞來回沖刷岸邊的海浪。直到兩人的肚子都餓了，才前往附近的餐廳。

「你接下來打算怎麼做？」聽聞了紀青岑這幾年來的心事煎熬後，蘇雨菡這麼問。

「我不知道……今天以後，我依然是紀青岑。」

「現在若要求你改做為北野青岑，你願意嗎？」

紀青岑搖頭，「我不知道自己到底想要什麼，我對於一切都感到疑惑。」

「你喜歡現在的生活嗎？」

「喜歡。」紀青岑幾乎是秒答，隨即垂下頭，「如果我喜歡現在的生活，那現在我的煩惱與自我懷疑不就十分可笑嗎？」

「不會啊，至少我們找到答案了。」蘇雨菡切了一塊牛排肉送到紀青岑的嘴邊，「況且，我不認爲你是晴海的影子。」

紀青岑慢慢咀嚼著口中的牛肉。

蘇雨菡又切了一塊牛排肉，「因爲你告訴晴海，你收到了我的情書。」

「對，我確實收到了。」紀青岑喝了一口水，「妳不是寫給我了嗎？」

「是呀，所以你不是晴海的影子，你憑著自己的意志做出了選擇。」蘇雨菡淺淺一笑，「沒關係，青岑，我都知道。反正結果也是我想要的，我不會告訴晴海實情。」

紀青岑沉默了一陣，才抬頭望向蘇雨菡，「妳什麼時候知道的？」

「在晴海跟我說，我是爲了不失去你，才接受他的時候。」蘇雨菡失笑，「那時候，我才察覺到不對勁。」

「雨菡，我……」

「不要緊的，青岑，我只是想告訴你，你有你的意識和思想，你用你的方式對抗了你內心所謂的階級，成功讓晴海覺得自己低你一階。」蘇雨菡喝了一口紅茶，「我們三個人以後也要好好相處，好嗎？」

聞言，紀青岑放下餐具哈哈大笑。

「雨菡，妳眞的很與眾不同。妳覺得我們三個人這種關係能持續多久？妳總有一天得結婚吧？名義上的丈夫是誰？以後生了孩子，他的父親是誰？妳出社會後，要怎麼和家人、同事介紹我們的關係？」

蘇雨菡拿著刀叉的手停下動作，「這些問題，等以後再來煩惱吧。」

「妳也要開始考慮了，雨菡。」紀青岑煩惱的這些事，北野晴海一定也想過，他很好奇北野晴海是怎麼想的。

等兩人終於結束行程返回時，果不其然看見北野晴海盛氣凌人地等在蘇雨菡家樓下。

他穿著黑色的西裝，靠在一臺檔車旁，一見到兩人，他立刻衝上來給了紀青岑一拳，「今天是什麼日子！你竟敢消失，竟敢把雨菡帶走！」

那一拳結實又強勁，紀青岑整個人被打得往後倒，北野晴海又衝上去抓起他的衣領，對著他咆哮。

「晴海！不要這樣！」蘇雨菡嚇到了，連忙衝過去要阻止他。

「今天是什麼日子？是我不能去弔念我爸的日子！」紀青岑同樣不甘示弱地吼著。

北野晴海一愣，隨即再揍了紀青岑一拳，「你明明知道原因！」

「對！我是你該死的影子！」紀青岑也抓住了北野晴海的衣領，「我和我媽永遠都只能活在你和你媽的陰影下！」

「你在講什麼？你不知道爸爲你們安排了什麼嗎？」北野晴海瞪大眼睛，「是誰活在誰的陰影下？你們從一開始就知道我和我媽的存在，但是我和我媽卻是在我被綁架後才知道你們的存在！」

說到最後，北野晴海的嗓音已然帶著難以掩飾的哽咽。

紀青岑忿忿地開口：「現在要來比誰比較慘嗎？什麼所有東西都公平地一人一半？這根本就是個笑話！你不要跟我講公平，我們之間一定會有失衡的一天，到時候——」

「你們兩個夠了！」蘇雨菡強硬地分開他們，大聲說：「那我呢？我的存在也是一個笑話嗎？」

兩個男生齊齊怔住，看著淚流滿面的蘇雨菡。

「你們當時對我說，如果不同時接受你們兩個，你們就不要我。這一點不是假的不是嗎？就算做不到共享所有東西，只要你們的初衷是爲了彼此好，那就夠了！」蘇雨菡抓住他們的手，「拜託你們不要吵了好嗎？」

北野晴海猶豫了一下，鬆開了紀青岑的領子，紀青岑亦然。

「爸留了什麼給我？」

「北野的姓氏。」北野晴海往後退到檔車旁邊，「今天律師才告訴我們，等你滿二十歲後，你可以依照自己的意願生活，無論是繼承北野的姓氏，還是繼續當紀青岑，甚至脫離青海集團都可以。」

「那你呢？」

「我出生就是北野晴海，無論我願不願意，我都不能拋棄青海集團。」北野晴海失笑，「眞羨慕你。」

原來，他們都羨慕著對方。

紀青岑定定地望著北野晴海，好一陣子沒有出聲。他忽然跪下，抬手捂住臉，雙肩劇烈顫抖，「對不起，晴海……對不起……」

北野晴海手插在口袋裡，看著蘇雨菡問：「你們去哪了？」

「海邊，還去了餐廳吃飯，就這樣。」

「就這樣？」

蘇雨菡點頭。

好吧，北野晴海的心情稍微好了一點，他彎腰用力拍了下紀青岑的肩膀，「算了，就這樣吧，你是我的兄弟，我永遠都會站在你那邊。」

「嗯，我也是。」

北野晴海看向蘇雨菡，「倘若妳哪天選擇了我們其中一個，那我們兩個都會離開妳，知道吧？」

「我知道。」蘇雨菡扶起紀青岑，「你們要到我家來擦藥嗎？你們的嘴角都破了。」

兩個人面面相覷，他們從來沒去過蘇雨菡的家。

「呃，還是先不要好了。」北野晴海說。

「我們各自回家處理就好。」紀青岑退後幾步。

蘇雨菡忍不住一笑，性格、氣質天差地遠的兩個人居然在這種「見家長」的時刻，同步退縮了。

第十一章

「妳知道昨天北野晴海多可怕嗎？我眞的快被他嚇死，以後我絕對不會再幫妳這種忙了。」

蘇雨菡主動向顏允茗道歉後，得到這樣的回覆。

顏允茗看起來是眞的不太高興，畢竟在她約會的時候，收到了北野晴海近百通的電話與訊息，確實很恐怖。

「既然妳欺騙了北野晴海，選擇和紀青岑單獨相處，那不就表示妳選擇了紀青岑嗎？」顏允茗問。

「爲什麼？」

「妳的這個行爲不就是……」

「這是例外，唯一一次例外。我爲什麼要選擇呢？」蘇雨菡老實地對她說。

「好吧，當我沒說。」顏允茗揉了揉眼睛。

「妳還好嗎？眼睛好像腫腫的。」蘇雨菡伸手輕觸顏允茗的眼皮，「感覺像哭過。」

「我週末都在追劇，所以才會這樣啦。」顏允茗的話聽起來像在說謊。

手裡拿著筆記本的庾岷忽然靠了過來，「今天正式的代課老師就會過來，我想在班會上提議換座位，妳們的意願呢？」

「不要，我們要繼續坐在一起。」蘇雨菡抱住顏允茗。

「好吧，妳們兩位不贊成。」庾岷在筆記本上的「不同意」欄位下方多畫了兩筆正字記號。

「原來今天代課老師就會來了。」顏允茗說。

蘇雨菡都快忘記這件事了，自從班導彭依苹提早生產後，他們班一直沒能找到合適的代課老師，總是由學校的各科老師輪替帶班。

「對了，顏允茗，有件事情……」庾岷欲言又止。

「怎麼了，你之前也這樣怪里怪氣的。」

庾岷嘆了一口氣，「高一的同學們說要辦同學會，我是負責人，必須每個人都問過……」

「我不去。」顏允茗豪不思索便答。

「我知道，所以我才猶豫要不要問妳。」庾岷看起來很爲難，「那我就登記妳不去了。」

「嗯。」顏允茗咬唇應聲。

庾岷拍了下她的肩膀，接著往後面走去，詢問其他同學換座位的意願。

「妳高一時發生過什麼事嗎？」蘇雨菡問，總覺得剛才顏允菬和庾岷之間的氣氛，很像她第一次見到他們時的氛圍。

「反正就是因爲外表被誤會。」顏允菬輕描淡寫地帶過。

蘇雨菡狐疑，但上課鐘聲已經響起，教務主任走進教室。

「好了，你們的代課老師終於來了，是個非常優秀的老師。乖一點，別嚇跑人家，知道嗎？」

一名穿著淺藍色襯衫與黑色長褲的高䠷男人走進來，他乾淨俐落的頭髮整個往後梳，五官十分好看，臉上掛著親切的笑容，引起女同學們的小聲驚呼。

「大家好，我叫黑律言，是你們接下來的代課老師。」

然而臺上的黑律言卻在與顏允菬對到眼時，笑容僵住。

雖然他們兩個人很快就移開視線，可是蘇雨菡還是注意到了，於是她傳了一則訊息給北野晴海。

「幫我查一下允菬高一的事，還有我們班新的代課老師黑律言和允菬是什麼關係。」

「哈，給我一點時間。」

幾天後，北野晴海便將調查結果全數告訴蘇雨菡，多虧薛易成高一時就在顏允菬的隔壁班，所以對她的事略有耳聞。

簡單來說，就是顏允苕由於外型看似愛玩，被班上的女生用過分的謠言惡意中傷，帶頭者是IG上擁有破萬追蹤者的左丹芬。

「那些傳言都很誇張，墮胎、賣淫都有。」北野晴海假裝打了個冷顫，「妳們女生眞可怕。」

「左丹芬太可惡了，以防萬一，我們先查查看她有沒有什麼把柄吧！」蘇雨菡氣得捶了一旁的紀青岑。

「幹麼打我……」紀青岑表示無辜，「不過以前妳對自己的事也沒這麼上心，怎麼這一次顏允苕的事妳就如此積極？」

「哼，我是爲了我的朋友好。」

「我們之前也是爲妳好啊！」北野晴海怪叫，覺得自己的體貼不被蘇雨菡重視，「我好難過啊——」

「反正，要是他們膽敢再欺負允苕的話，我們就要她好看！」蘇雨菡對兩人的抱怨充耳不聞，「最狠的那種！」

「喔，好啊！其實我還有很多想嘗試的手段，以前妳都不准我做得太狠。」北野晴海興致高昂，看起來躍躍欲試。

「之前逼走黃靜佳和簡若荷、警告陳語雯，難道還不夠過分嗎？」蘇雨菡翻白眼。

「那根本不夠看！」北野晴海笑呵呵。

「顏允莒跟黑律言老師有什麼關係嗎？」蘇雨菡轉移話題。

「這就有趣了。」北野晴海和紀青岑對看，後者挑眉。

「他們應該對對方有點意思。」紀青岑簡短回答。

「什麼？怎麼會？」蘇雨菡倒抽一口氣。

「我向潘呈娜求證過了，他們是在妳耍小聰明辦的那場聯誼中認識的，後來逐漸發展到曖昧階段，不過還沒在一起。話說，潘呈娜還給了我他的照片呢。」北野晴海莫名覺得黑律言十分眼熟。

「妳們知道允莒今天跟我說什麼嗎？左丹芬那群人居然造謠顏允莒跟我們4P。」

「哇，有點噁心。」北野晴海撇了撇嘴。

「這種話沒有傳到我們耳中，他們也算滿厲害的。」紀青岑聳肩。

「而且允莒還說不用計較，我真的差點氣死。」蘇雨菡看了一眼那張所有聯誼成員的合照，「黑律言對允莒是真心的嗎？」

「他們目前好像有些誤會，不過黑律言喜歡她應該沒錯，他今天還對我露出嫉妒的表情耶。」北野晴海快速講述今天在學校遇見顏允莒以及被黑律言找碴的事。

說完，他忽然靈機一動，立刻抓起手機打電話，「等我一下，我確認一件事。」

「怎麼了？」蘇雨菡問紀青岑，但他也不清楚。

過了一會，北野晴海掛掉電話，馬上又再撥了一通電話。

蘇雨菡和紀青岑買了飲料回來後，北野晴海正好結束通話，並驚奇地對他們說：「黑律言喜歡《惡魔勇者兵團》！」

「啊？」蘇雨菡與紀青岑很是疑惑，「這跟我們剛剛說的事有什麼關係？」

「以前我爸很愛去的一家餐廳，老闆和離職員工有些勞資糾紛，我爸推薦了皇甫律師給他，最後糾紛得以完美解決。爲了答謝，從此我們家的人和皇甫律師去他的餐廳都不必排隊，有時候還會免費招待用餐。」北野晴海簡單說明，「那位老闆的餐廳近期和《惡魔勇者兵團》聯名，店內提供合作套餐，我很常去，不過之前約你們都不去。」

「動漫主題的餐廳我不行。」紀青岑果斷回絕。

「感覺很難吃。」蘇雨菡吐舌。

「算了，總之我曾經在那間餐廳見過黑律言幾次……」北野晴海一口氣說完，「所以我要約顏允菬去看電影。」

「啊？結論怎麼是這個？」紀青岑問。

「我剛才也順便問過《惡魔勇者兵團》的後援會，上次抽出的電影票得獎人有沒有叫黑律言的，結果眞的有他！反正你們也不會和我去看那部電影，我去約顏允菬，讓他們在電影院相遇，之後怎麼樣就看他們的造化，如何？」北野晴海一臉驕傲地看著蘇雨菡。

「爲什麼你要一副等著被稱讚的模樣？」蘇雨菡失笑，伸手揉他的頭。

「我幫助妳朋友順利發展戀情，難道不值得被稱讚嗎？」北野晴海歪頭裝可愛。

「好啦，很讚！」蘇雨菡豎起大拇指。

後續就如同北野晴海的預料，看電影的時候顏允茗被吃醋的黑律言用聲東擊西的方式給帶走了，他還因此賺了五百塊錢，北野晴海相當滿意這個結果。

當他一個人看完電影後，與蘇雨菡、紀青岑約在餐廳吃飯時，注意到一個奇怪的IG帳號出現在他的推薦欄。北野晴海點進去，發現裡面居然放了顏允茗的各種照片，個人簡介處寫著她的基本資料與聯絡方式。

顏×茗，青海高中二年級。

喜歡與大叔一起玩，要三個人也可以喔！歡迎聯絡～

09XXXXXXXX

蘇雨菡看了之後臉立刻垮下來，不用想也知道這是誰做的，「我們直接去找左丹芬吧。」

「我覺得好累。」紀青岑說歸說，最終還是搭乘計程車前往左丹芬的住處。

見到他們出現在家門口，左丹芬十分意外，但仍高傲地抬起下巴，「你們有什麼事？」

「這個帳號是妳創立的吧？」蘇雨菡將手機螢幕對著她。

左丹芬冷笑，「妳有什麼證據？」

「要證據很容易啊，青海集團什麼資源沒有？妳要我們去查嗎？」北野晴海擋在蘇雨菡身前。

「奇、奇怪了，這不關你們的事吧！」左丹芬嘴硬，「還是你們眞的有一腿？」

左丹芬仗著在自家門口，諒他們也不敢怎樣，說起話來有恃無恐。

「妳假冒他人身分、散播不實資訊、公然侮辱、毀謗，甚至引起當事人的身心問題，證據確鑿，足以讓顏允菡對妳提告。」紀青岑有條有理地說，見左丹芬正要反駁，他又說：「妳在IG上的事業做得很大呀，還賣過不少東西，只不過某些商品似乎不合法且涉嫌詐騙……妳覺得我們要請人調查一下嗎？這樣妳可能要賠不少錢喔。」

「對啊，妳爸媽知道嗎？」北野晴海在一旁幫腔。

左丹芬的臉色瞬間刷白，她確實和朋友從網路買了一些來歷不明的藥品，由她在IG上推銷，宣稱是有效的瘦身產品轉賣出去，賺了一筆錢。

「你們要我怎樣？」左丹芬雙手緊握成拳。

「妳在下課時間直播，公開向顏允菬道歉，並且澄清那些謠言！」蘇雨菡手指著她的鼻尖。

「不可能！我絕對不……」

「那我們就會向大眾揭發妳的所作所為。妳自己衡量，是澄清謠言並道歉，還是要吃上官司，鬧到妳父母不得不出面處理？」北野晴海雙手環胸，歪頭微笑。

「顏允菬到底做了什麼，你們願意這樣幫她？」

「沒什麼，因為她是我的朋友。」蘇雨菡勾起嘴角。

✦

左丹芬的選擇顯而易見，聰明人都會選擇直播道歉，雖然丟臉，總比吃上官司好。

蘇雨菡在約定好的時間，刻意在班上大喊：「大家快看左丹芬的IG，她在直播喔！」

「左丹芬開直播？」庾岷正在和黑律言說話，聞言他立刻拿出手機，與黑律言一同觀看直播。

畫面中的左丹芬臉色憔悴，表情難看至極，她眼眶含淚對鏡頭說：「今天開直播的目的，是爲了向我的同學顏允莒道歉。」

顏允莒瞪大眼睛，滿臉疑惑。

而北野晴海聳肩，低聲對她說了句：「不用客氣。」

「你做了什麼？」顏允莒看著眼前的三個人。

「我怎麼能容忍有人這樣說我的朋友呢。」蘇雨菡笑著牽起顏允莒的手，紀青岑則不置可否。

左丹芬繼續在直播裡說：「她漂亮又有個性，讓我覺得自己在班上的地位受到威脅，就連我當時喜歡的人也很照顧她，所以我才會故意散播關於她的謠言，什麼群交、墮胎、跟很多人搞在一起，這些都是假的，全是我亂說的。對不起造成顏允莒的困擾，對不起那些相信我的朋友，請大家原諒我。」

直播下方很快充斥著許多留言，謾罵與加油打氣各占一半，最後左丹芬淚流滿面地結束了直播，全程沒有爲自己辯解。

「你們怎麼有辦法讓她這樣做？」顏允莒對左丹芬的道歉沒什麼感覺，然而整個青海高中都因左丹芬的自白而震驚不已。

北野晴海故作神祕道：「每個人都有價碼和弱點，當對方不願意做某件事情的時候，第一，問出她的價碼；第二，找到她的弱點。」

「我永遠不要與你爲敵。」顏允莒眞心誠意地說。

「放心，允萏，我們永遠都站在妳這邊。」蘇雨菡抱住她。

「除非妳不再是雨菡的朋友。」紀青岑補充。

「沒錯。」北野晴海點頭。

「不可以威脅我的朋友。」蘇雨菡嘟嘴，兩個男生拿她沒辦法似的笑了，並各自伸手捏了她的兩邊臉頰。

這麼多年來，蘇雨菡終於如願以償交到一個眞心誠意的朋友，北野晴海和紀青岑也爲幫助蘇雨菡的朋友盡了最大的努力。

這些顏允萏當然不會知道。

✦

事過境遷，一切塵埃落定，北野秀蓉接受了紀姿惠的存在，也讓紀青岑以紀姿惠兒子的名義入住北野家，外界依舊不知道他眞正的身分。

北野晴海與紀青岑都察覺到，儘管北野秀蓉與紀姿惠交談的次數不多，但是已能和平共處於一室，或許兩人之間的關係還有機會更進一步。

走出家門，蘇雨菡看見兩個男孩站在樓下等她一起去上學。

「雨菡，早安。」

「今天有點熱。」

「早安。」她的雙手分別勾住兩個男生。

蘇雨菡想起，前幾天顏允菖目睹了她和兩個男生親吻的畫面。

當時他們三個在公園吃霜淇淋，蘇雨菡吃得滿嘴都是，所以他們用舌頭舔了她唇上殘留的霜淇淋。

這一幕正巧被路過的顏允菖看見了。

兩個男生離開後，蘇雨菡把自己的香草巧克力霜淇淋遞給顏允菖。

「要吃嗎？這個只有我吃過。」她很害怕顏允菖會拒絕。

「我吃一口就好。」顏允菖吃了一口霜淇淋，「很好吃。」

「晴海喜歡香草，而青岑喜歡巧克力，至於我最喜歡的就是香草加上巧克力的綜合口味。」蘇雨菡緊張地握著甜筒，融化的霜淇淋一滴一滴落到她的手上。

「雨菡。」顏允菖握住她的手，「沒關係的，我想跟妳說……我和黑律言在交往。」

蘇雨菡驚訝地看著顏允菖，她沒想到對方會主動提到這件事，她忍住想哭的衝動，並露出一抹微笑，「我知道，但我沒想到妳會對我坦白。」

「妳怎麼會知道？難道我表現得很明顯？」

「晴海無所不知，也從不對我們隱瞞。」蘇雨菡咬著唇，「允茗，謝謝妳願意告訴我。妳和黑老師在一起一點問題也沒有，妳很快就會畢業，但三人行的婚姻在臺灣永遠不可能合法。」

顏允茗聽了有些心酸，她試圖安慰蘇雨菡，「很有錢的話就可以呀，不會有人說話的，妳看那些財團的總裁都沒在管一夫一妻制。」

聽了這番話，蘇雨菡微微揚起嘴角，笑容卻略顯黯淡。她想到了北野天仁，或許北野晴海與紀青岑生在那樣的家庭，是他們這段感情中最幸運的事情，若不是生在那樣的家庭，他們不可能擁有這樣的戀愛。

「不管怎樣，我都會站在妳這邊。」顏允茗說出了蘇雨菡最想聽的話。

「謝謝妳，允茗，我也會站在妳這邊。」蘇雨菡也許下承諾。

她做得最對的兩件事，第一就是高一那年，告訴北野晴海，她要和顏允茗同班；第二就是國三時，一模一樣的情書，她寫了兩封。

北野晴海和紀青岑：

我是三班的蘇雨菡，我有話想對你們說。

之所以會在筆記本上寫下那些事，一開始是出於對你們的好奇。但隨著時間過去，我發現比起好奇，更多的其實是喜歡，我喜歡你們。

如果可以，畢業典禮結束後，能請你們來學校後花園一趟嗎？

蘇雨菡

一封夾在紀青岑的作業本裡，另一封則夾在北野晴海的作業本裡。

她想了很久，發現自己兩個人都喜歡。

所以蘇雨菡老實地在信中全盤托出，她曉得對方不會來的機率很高，畢竟一次跟兩個人告白，怎麼想都很荒唐。

她是眞的無法做出選擇，也無法割捨其中一人。

那天，她站在後花園等待，想起了過去三年來與他們有關的回憶。

最一開始，她只是想看著他們，像是憧憬遙不可及的偶像般，隨著時間過去，這份注視與關心逐漸變質。

蘇雨菡思考著，即便如此，她也不該同時喜歡上兩個人吧？

在黃靜佳轉學前，她曾瘋狂地不斷找蘇雨菡的麻煩，可是某一天她卻忽然停手，並在放學後叫住了蘇雨菡。

「蘇雨菡！」

正在等公車的蘇雨菡回頭，見黃靜佳神色複雜，似乎有話要說，卻又遲遲不肯開口。蘇雨菡不想和黃靜佳有過多的糾纏，便步出公車站，打算走路回家。

「蘇雨菡，我在叫妳！」

黃靜佳追了上來，蘇雨菡忍不住加快腳步，最後黃靜佳乾脆直接伸手抓住她的肩膀。

「妳有沒有聽到？我在叫妳！」

「怎麼？妳又要找我麻煩嗎？」

「不是！」黃靜佳鬆開手，手指抓緊書包的背帶，「我……」

見她支支吾吾，蘇雨菡心下不耐，轉身準備離開。

黃靜佳連忙出聲：「妳能不能叫北野晴海不要那樣對我？」

「什麼意思？」蘇雨菡愣住，再次回過頭看她。

「北野晴海私下警告我，要我不要再欺負妳！我從國一就喜歡他了，憑什麼妳跟蹤他卻不會被他討厭，而我卻被他討厭了？」黃靜佳邊哭邊說。

蘇雨菡想不明白，北野晴海爲什麼知道她被黃靜佳欺負？又爲什麼要幫助她？對北野晴海來說，她應該僅僅是一個跟蹤他的變態吧？

「因爲妳很討厭。」北野晴海的聲音從另一個方向傳來，兩個女孩同時看去。

「北野……」黃靜佳嚇得捂住嘴巴。

北野晴海走到蘇雨菡面前，他澄澈的雙眼凝視蘇雨菡片刻，接著笑著伸手摸了蘇雨菡的頭。

這舉動讓兩個女孩都傻了，當時北野晴海的身高頂多比蘇雨菡高一點點，他卻如大樹一般擋在她的身前，爲她阻擋威脅。

忽然間，蘇雨菡的心臟狂跳、臉頰發熱，她意識到了什麼。

「所以可以滾了嗎？」北野晴海面無表情地對黃靜佳說。

「爲什麼、爲什麼？我那麼喜歡你，我只是……」

「我不喜歡妳啊！滾啦！」北野晴海吼了聲，黃靜佳往後退了幾步，最後難堪地跑開。

這是蘇雨菡第一次和北野晴海靠得這麼近，她身體顫抖，不是因爲害怕，而是因爲緊張和興奮。

北野晴海轉過身，表情柔和地看著蘇雨菡，伸手碰觸她的臉頰。

「妳沒事吧？」

蘇雨菡用力搖頭，她覺得被他碰到的地方好熱。

「我幫妳弄走她吧？讓她別再煩妳。」北野晴海提議。

「好吧。」蘇雨菡答得沒有絲毫猶豫。

在那個瞬間，蘇雨菡確定自己喜歡上北野晴海了。

她以爲，她喜歡的人是北野晴海。

幾天後，黃靜佳轉學了。起初蘇雨菡只覺得這應該是湊巧，因爲北野晴海並沒有再與她說過話，甚至在走廊上巧遇，他的眼神也不曾停留在她身上。

不過當蘇雨菡走在校園裡，她偶爾會感受到一股視線盯著她看，可是當她四處張望時，總是找不出那股視線的出處。

時間來到會考前，蘇雨菡的成績下滑了，原本總是能名列前茅的她，在模擬考時接連失利。她也不明白是爲什麼，明明黃靜佳已經走了，身邊沒有人會找她麻煩了，她就是考不好。

下課時，她趴在走廊的欄杆邊看著天空嘆氣，驀地她又感受到有人在注視著她。

蘇雨菡抬頭，與站在斜對角樓上的紀青岑四目相接。她頓時一愣，以爲自己看錯了，連忙別開眼睛，幾秒後又偷偷望過去，紀青岑依舊維持著同樣的姿勢。

原來不是錯覺，紀青岑確實在盯看她看。

雖然兩人之間有段距離，但蘇雨菡覺得自己像是全身赤裸般被他看穿。與北野晴海溫柔似水的目光不同，紀青岑的眼神像利刃般銳利且灼熱。

於是她避開了紀青岑的注視，躲回教室。

後來蘇雨菡才發現，她在校園隱約感受到的視線都來自紀青岑。

從那次對眼後，他便不再隱藏，每當蘇雨菡感受到他人的注視，她抬頭找尋總會看見紀青岑。

被他盯著看的時候，她的身體會不自主地顫抖，內心還會泛起一絲期盼，而這種奇特的感覺讓她上癮，甚至有些欲罷不能。

後來蘇雨菡模擬考又一次考差了，隔天早上她在座位的抽屜發現一本筆記與一張紙條。

「對妳有幫助。」

紙條上的字跡端正，且沒有留下署名，但蘇雨菡一眼就辨識出來這是紀青岑的字跡，畢竟她常常在公布欄上看見紀青岑的作文。

她激動地翻閱筆記本，裡頭全是紀青岑親手整理的筆記，包括模擬考的重點、歷代會考的題型，甚至連過往基測的題型都有。

蘇雨菡簡直不敢置信，她很確定這是紀青岑為了她特意整理出來的……在這個關鍵階段，紀青岑爲什麼願意爲了她花這麼多時間？

蘇雨菡翻到最後一頁，瞧見上頭寫著四個字。

「青海高中。」

紀青岑的意思是……

與此同時，她再一次感受到自己正被人注視著，蘇雨菡在空無一人的教室中抬起頭望向窗外，紀青岑就站在走廊上。

「這個……謝謝你。」蘇雨菡拿著筆記本對他說。

「記得，青海高中。」紀青岑輕聲說完，向她淺淺一笑，便轉身離開。

怦然心動的感覺再次湧上蘇雨菡的心頭，和之前在面對北野晴海時一樣。

人可以同時喜歡上兩個人嗎？

蘇雨菡不知道，只能確定現在要她從北野晴海、紀青岑之中選出一個，她絕對選不出來，所以她才寫了兩封一模一樣的情書給他們。

她曉得這樣的自己很奇怪，但這確實是她最真實的感受，而她不打算隱藏。

於是，她把選擇權交給北野晴海與紀青岑，若他們覺得不舒服、覺得她很不正常，那他們大可以選擇不要前來赴約，或者過來當面辱罵她恬不知恥。

這樣一來，她也能徹底死心。

結果紀青岑出現了，可是他卻說了奇怪的話。

「妳不是要親口說嗎？」

「我、我，那個……我一直以來都很喜歡你。」

「我們考上同一所高中。」

「呃……對。」蘇雨菡心想，不就是你要我考青海高中的嗎？「我也喜歡妳。」

「眞的？」

「眞的，但我喜歡妳是有條件的。」紀青岑拿出手機撥打電話。

「條件？什麼條件？」

後頭傳來了電話鈴聲，腳步聲也同時出現，蘇雨菡轉頭，見到了北野晴海。

咦？她的確也約了北野晴海沒錯，只是她還以爲他不來了，因爲距離約定的時間已經超過好一陣子了。

而且，怎麼會是紀青岑打電話叫他來的呢？他們彼此認識嗎？

「這是……」站在中間的蘇雨菡，看著前方的紀青岑，又看了後方的北野晴海。

「喜歡他，就要連我也一起喜歡。」北野晴海說。

「這就是我的條件。」紀青岑接話。

蘇雨菡頓時不明白了，她一開始就在信中表明了自己喜歡他們兩個啊！

不過北野晴海看起來似乎沒有收到信，可紀青岑明明收到信了，卻怎麼也像是對此毫不知情？

算了，反正她兩個人都喜歡，現在他們也都願意和她在一起。

總歸是皆大歡喜的結局，不是嗎？

而蘇雨菡和北野晴海都不知道，她要給北野晴海的那封信，其實正好端端地藏在紀青岑的口袋裡。

全文完

後記
以後的事誰也說不準

各位安安，想先問問各位覺得這個故事如何呢？（發抖）

從早期開始，我寫每一部作品，故事裡時常會出現兩男搶一女的劇情，讓大家對男一男二難以取捨，甚至喊出「開後宮」、「我都要」、「享齊人之福」等發言。

好的好的，這一次我直接如大家所願，可以嗎？

喔不，我怎麼覺得好像會聽見一些讀者說「這樣好嗎」、「我無法接受」之類的話。

在《謊言後遺症》出版後，我曾收到一則令我印象深刻的感想。

那位讀者提到，她在看《秋的貓》時一直認爲秋老師太ㄍㄧㄥ，覺得他就算和小貓在學校偷偷牽手也沒關係，結果當她讀到《謊言後遺症》中老師和學生在學校接吻的橋段，反而產生了「天啊！這樣好嗎」的矛盾心態。

曾經口口聲聲說「難道就不能兩個都選嗎」的人，這次看到眞的同時和兩位男主角在一起的蘇雨菡後，是不是也湧現了「這樣不行吧」的想法呢？

當初決定以較爲禁忌的題材創作新系列時，我就思考過可能有些讀者會無法接受。

我不想讓讀者在購書後才發現題材居然是自己的地雷，但又有點好奇，如果你本身無法接受這樣的題材，在讀完《親愛的，這也是戀愛》後，會不會覺得即便題材是自己的地雷，但你還算喜歡這個故事？

怎麼辦，我好擔心大家的想法，希望各位看完以後可以和我分享讀後感。

猶記得我第一次接觸到類似的題材是在西洋電影《鵝毛筆》中，但這部分的情節電影只是略微帶過而已。

但光是那樣輕輕一提，爲我帶來的衝擊就很大了。

我心裡想著怎麼可以啦，但同時也留下了深刻的印象XD。甚至有一點好奇，三人間的戀愛會是種什麼樣的感情。

沒想到在經過多年後，自己也會選擇類似的主題進行創作。

八年前寫出純情的《第二次初戀》，八年後寫出不那麼純情的《親愛的，這也是戀愛》，都一樣是Misa。或許大家會覺得這本書的內容很母湯，不過我還是很高興能創作出如此特別的故事。

在《謊言後遺症》的後記中，我曾經提到這系列故事裡的角色，無論是姓氏還是名字都很難念或罕見，有違我以前取名的習慣。其實就是因爲這系列小說的題材比較偏離世俗的道德觀一點，所以才不想使用現實中可能會出現的姓名。

大家有感覺到我的緊張嗎？連寫個後記我都很小心翼翼，哈哈。

回到故事，我非常喜歡北野晴海這個角色，他的存在感十分強烈。看看他說的每一句話，根本是恐怖情人啊！但是他身上讓人害怕的壓迫感，逼得蘇雨菡接受他的全部、他的愛情……唉，好有魅力。

北野晴海之前在《謊言後遺症》出場時，幾位讀者就跟我說過很喜歡他。儘管我也很喜歡北野晴海，然而我還是叮囑她們，若是在現實生活中遇到類似北野晴海這樣的人，請趕快逃，謝謝。

此外，也有讀者提到，雖然自己喜歡北野晴海，但感覺蘇雨菡和紀青岑比較相配。

當時我忍得很辛苦，好想吶喊：「沒有誰和蘇雨菡比較相配！他們三個會在一起！」

一直以來，紀青岑的存在彷彿影子般，他沉穩又壓抑，看似認命卻又想逃離這些桎梏，如此矛盾的他或許比任何人更有城府。

「接受我們的好意，也接受我們的怒氣，接受我們的全部。」

就某方面來說，北野晴海和紀青岑不愧是兄弟，對待蘇雨菡的強硬作風簡直一模一樣。

這段看似和諧的三人關係，能維持多久呢？

未來他們要怎麼跟父母、朋友、家人，甚至向社會解釋呢？

遙想幾十年前，還處在深櫃中的人也有過一樣的煩惱吧？

如今我們卻覺得同性相愛是正常的……這只是我寫這篇後記時忽然反思到的一點。

畢竟，以後的事誰也說不準。

不論是否悖德，每一段感情都有各自的煩惱，也可能會遭受不同的質疑。綜觀來說，即便戀愛既傷神又傷心，大家仍然前仆後繼地投入。

最後，套一句老師邱淨在《謊言後遺症》說的話：

「年輕人的交友方式有時候我實在不太理解呢。」

大家也可以說：不太理解Misa在想什麼，怎麼可以寫三人行啦！

本系列的故事還有兩本，滿多人都稍微猜到主題了，那就請各位繼續期待接下來的禁忌故事啦XD。

我們下次見！

Misa

國家圖書館出版品預行編目資料

親愛的，這也是戀愛／Misa著. -- 初版. -- 臺北市：
城邦原創股份有限公司出版：英屬蓋曼群島商家
庭傳媒股份有限公司城邦分公司發行, 2022.01
冊；公分. --

ISBN 978-626-95625-0-3（平裝）

863.57　　110021810

親愛的，這也是戀愛

作　　者／Misa
企劃選書／楊馥蔓
責任編輯／楊馥蔓、林辰柔

行銷業務／林政杰
總 編 輯／楊馥蔓
總 經 理／伍文翠
發 行 人／何飛鵬
法律顧問／元禾法律事務所　王子文律師
出　　版／城邦原創股份有限公司
台北市中山區民生東路二段 141 號 6 樓
電話：(02) 2509-5506　傳眞：(02) 2500-1933
E-mail：service@popo.tw
發　　行／英屬蓋曼群島商家庭傳媒股份有限公司城邦分公司
聯絡地址：台北市中山區民生東路二段 141 號 11 樓
書虫客服服務專線：(02) 25007718．(02) 25007719
24小時傳眞服務：(02) 25001990．(02) 25001991
服務時間：週一至週五09:30-12:00．13:30-17:00
郵撥帳號：19863813　戶名：書虫股份有限公司
讀者服務信箱 email：service@readingclub.com.tw
城邦讀書花園網址：www.cite.com.tw
香港發行所／城邦（香港）出版集團有限公司
地址：香港九龍土瓜灣土瓜灣道86號順聯工業大廈6樓A室
email：hkcite@biznetvigator.com
電話：(852)25086231　傳眞：(852) 25789337
馬新發行所／城邦（馬新）出版集團 Cité(M)Sdn. Bhd.
41, Jalan Radin Anum, Bandar Baru Sri Petaling,
57000 Kuala Lumpur, Malaysia.
電話：(603) 90563833　傳眞：(603) 90576622
email:services@cite.my

封面設計／Gincy
電腦排版／游淑萍
印　　刷／漾格科技股份有限公司
經 銷 商／聯合發行股份有限公司
電話：(02)2917-8022　傳眞：(02)2911-0053

■ 2022 年 1 月初版
■ 2024 年 3 月初版 4.2 刷
Printed in Taiwan

定價／300元

ISBN　978-626-95625-0-3

POPO城邦原創 www.popo.tw　城邦讀書花園 www.cite.com.tw